KB272696

내 안의 미친년 하나 불러내 비 맞으러 나갔다

내안의 미친년 하나 불러내 비 맞으러 나갔다

고 은 님 에 세 이

초판 1쇄 찍은 날 § 2004년 7월 20일
초판 1쇄 펴낸 날 § 2004년 7월 30일

지은이 § 고은님
펴낸이 § 서경석

편집장 § 문혜영
편집책임 § 권민정
마케팅 § 정필 · 강양원 · 이선구 · 김규진 · 홍현경

펴낸곳 § 도서출판 청어람
등록번호 § 제1081-1-89호
등록일자 § 1999. 5. 31
어람번호 § 제4-0034호

주소 § 경기도 부천시 원미구 심곡1동 350-1 남성B/D 3F (우) 420-011
전화 § 032-656-4452 팩스 § 032-656-4453
http://www.chungeoram.com
E-mail § eoram99@chollian.net

ⓒ 고은님, 2004

ISBN 89-5505-979-5 03810

※ 파본은 본사나 구입하신 서점에서 교환하여 드립니다.
※ 저자와 협의하여 인지를 붙이지 않습니다.

|고은님 에세이|

내 안의 미친년 하나 불러내 비 맞으러 나갔다

We can do it

엄마 따라잡기

우리의 기억이란 얼마나 불확실한 것인가

나 죽이기

Ideal Relation

국어사전에는 길이 많이 있다

11월 예찬

나 달래기

과학적인 사람

Don't be silly!

나는 선물에 약하다

가오 세우다

나는 술을 잘 마신다

눈 높이

소신

기침

말의 사원

그녀의 발

상처 관리

주차비 소동

나쁜 나라로 가는 배는 이제 떠나련다

나를 내보인 끝에 그대를 만나는 기쁨

Al Jarreau

작품 / 213

이건 참 민망한 일이었다.

작가랍시고 글을 쓰기 시작한 지 이제 겨우 3년.

그동안 써낸 작품이래야 단막극까지 합쳐 고작 네 편인데.

그것도 그럴듯한 소설이나 詩도 아니고

부끄러운 일기들과 허섭한 글들이나 모아 책을 내다니.

처음 제안을 받았을 땐 '아유―' 손사래를 쳤었다.

그런데 어쩌자고 결국 이런 민망한 짓을 벌이는 건…….

어떤 글을 쓰고 싶냐고 사람들이 자주 묻는다.

내 대답은 항상 같다.

사람을 위한 글. 사람이 있는 글을 쓰고 싶다.

다른 건 많이 허술하고 부족해도 글 한가운데 사람만은 온전히 서 있는.

보고 나면, 읽고 나면, 다른 것은 다 잊어도 사람만은 고스란히 남아 오래오래 살아 숨 쉬는.

물론 참 어렵다.

우선 내가 먼저 사람이 되어야 하니 늘 부족하고 버겁다.

그런 나를 체온을 잃지 않도록 덮혀주고 흔들리지 않도록 붙잡아주는 온라인 상의 카페 식구들이 정말 고맙다. 고맙다고 백 번을 말해도 부족하다.

책을 내자는 제안을 받았다고 말했을 때,

당신 일처럼 기뻐하며 응원해 준 식구들.

십수년 동안 여기저기 꿍쳐 놓았던 글들이나 모아 내는 부끄러운

책이지만,

　그분들께 선물이 되었으면 좋겠다. 마음이 전해질까.
　또, 나의 유별난 정서와 인격을 형성시켜 준 가족과
　대책없는 내 옆에 변함없이 있어주는 친구들, 선생님…….
　내가 사랑하는 모든 사람, 사람들께 드린다.
　가슴팍에 오랫동안 품어 따뜻하게 덥혀서 공손하게.

2004년 여름.
고은님 올림.

일상은 날 껌벅 죽여놓는다

그동안은, 〈번지점프를 하다〉라는 영화가 시작됩니다, 그렇게 영화 제목과 출연 배우 이름 알리기로 신호탄을 던졌다면 이제는 영화 컨셉에 맞는 보도 자료가 필요한 시기. 제작 발표회, 크랭크인과 함께 2차 홍보 시기에 접어들었다.

그래서 오늘, 그 보도 자료에 쓸 사진을 찍기 위해 인우, 태희 그리고 현빈이 처음으로 한 자리에 모였다.

경희대 앞 태양스튜디오. 세 사람이 한자리에 모여 나란히 앉거나, 어깨동무를 하거나, 이를 드러내고 웃거나, 자유롭게 엉기는데… 마음 어디껜가 시큰시큰 기묘한 통증이 느껴졌다.

아, 저 세 사람이지… 이병헌, 이은주, 여현수가 아닌, 서인우, 인태희, 임현빈. 앞으로 치열하게 사랑하고 그 사랑에 고통받을 사람들. 내가 만들어낸 캐릭터들. 내 느낌을, 생각을, 마음을 고스란히 살아나게 할 사람들.

고맙기도 하고 벅차기도 하고 약간의 비장미마저 감돌아 하마터면 눈물마저 떨굴 뻔하였다.

언젠가, 갓 태어난 자신의 아기를 구석구석 만져 보며 툭툭 눈물 흘리는 산모의 광고를 본 적이 있는데, 그땐 그 광고가 어찌나 궁상맞고 청승맞고 구질구질한지 싫기만 하였었다. 기쁘고 행복하니 마음 놓고 웃으면 좋잖아, 했었다.

그러나… 눈물이 날 것 같더라, 정말. 앞으로 어떻게 커줄까, 부디 잘 커주었으면, 기대되고도 걱정되는… 엄마 마음.

축문(祝文)

　유세차 단기 4333년 9월 열엿샛날, 영화 ‘번지점프를 하다’ 가족이 모두 모여 하늘과 땅과 바람과 물, 삼라만상 모든 신들께 무릎 꿇고 간원하옵니다.

　저마다 마음이 다르고 생각이 다르건만, 이렇게 많은 사람들이 오직 ‘번지점프를 하다’ 영화 한 편에 품은 애정과 기대로 얽혀 오늘 한자리에 모두 모였으니, 마치 한 끈으로 발을 묶고 한 배를 탄 사람들처럼 끝까지 믿고 간호하고 의지하게 하옵소서.

　피로하고 고단하게 하는 피로 귀신과 타성에 젖어 남의 눈치만 보게 하는 불성실 귀신, 이어지는 밤샘 촬영에 눈꺼풀을 짓누르는 잠귀신, 기상 이변, 천재지변, 인재, 악재, 기타 영화에 해가 되는 귀신은 일절 물리쳐 주시고 함께하는 내내 몸도 마음도 상처 입지 않도록 각별히 돌봐주옵소서.

　저마다 본분에 최상의 기량을 발휘하여 그들의 땀과 수고가 작품 안팎에서 빛을 발하게 하시고 입에서 입으로 일파만파 입 소문이 퍼져 파죽지세로 연일 객석이 넘쳐 나는 그날까지 내리내리 함께해 주시길 천지신명께 간곡히 바라오니, 간소하나마 정성껏 마련한 청작서수 받으시고 부디 마지막 그날까지 천우신조하여 주옵소서.

상향.

힐베르트는 무한대가 갖고 있는 기묘한 성질을 잘 보여주는 하나의 예제를 만들어냈다. '힐베르트의 호텔'이라고 불리는 이 유명한 예제는 힐베르트가 종업원으로 일하고 있는 가상의 호텔에서 시작된다.

이 호텔에는 무한 개의 객실이 있다. 어느 날 한 손님이 호텔로 찾아왔는데, 객실이 무한 개가 있음에도 불구하고 방마다 모두 투숙객이 들어 있었으므로 빈방을 내줄 수가 없었다. 그런데 종업원인 힐베르트는 잠시 생각하던 끝에 새로 온 손님에게 빈방을 마련할 수 있노라고 호언장담을 한다. 그는 객실로 올라가 모든 투숙객들에게 정중하게 부탁을 한다.

"죄송하지만 손님들께서는 옆방으로 한 칸씩만 이동해 주시기 바랍니다."

이해심 많은 투숙객들은 힐베르트의 성가신 부탁을 잘 들어주었다. 1호실 손님은 2호실로, 2호실 손님은 3호실로… 잠시 뒤 이동은 끝났다. 기존 투숙객이 자기 방을 못 찾아 헤매는 사람도 없었다. 그리고 새로운 손님은 비어 있는 1호실로 여유있게 들어갔다.

이것은 무한대에 1을 더해도 여전히 무한대임을 말해 주는 좋은 예제이다.

그런데 다음날 밤, 더욱 곤란한 문제가 발생했다. 투숙객이 방을 모두 점거하고 있는 상태에서, 무한히 긴 기차를 타고 온 무한대의 손님들이 새로 도착한 것이다. 그런데 힐베르트는 당황하기는 커녕, 무한대의 숙박료를 받을 수 있다며 혼자서 쾌재를 부른다. 그는 곧 객실에 안내 방송을 내보냈다.

"손님 여러분, 죄송하지만 현재 묵고 계신 객실 번호에 2를 곱하셔서, 그 번호에 해당되는 객실로 옮겨주시기 바랍니다. 감사합니다."

이리하여 1호실 손님은 2호실로, 2호실 손님은 4호실로… 모두 이동을 마쳤다. 자기 방을 빼앗긴 손님이 하나도 없는데도, 어느새 호텔에는 무한 개의 빈 객실이 생긴 것이다. 힐베르트의 재치 덕분에 새로 도착한 무한대의 손님들은 홀수 번호가 붙어 있는 무한 개의 객실로 모두 배정되어 편히 쉴 수 있었다. 무한대에 2를 곱해도 여전히 무한대라는 사실을 말해주는 예인 것이다.

〈페르마의 정리〉나 〈골드바흐의 추측〉을 읽으면 참 재밌다. 물론 완벽히 이해할 수 있는 것은 아니지만 그래도 참 재밌다. 내가 전혀 짐작할 수 없는, 수학자들만의 독특한 캐릭터도 마음에 들고, 그들의 말마따나 절대적이고 완전한, 영원불변의 정리와 증명들도 매력있다. 그래서 잠깐, 수학과 수학자들과 그들이 평생을 바쳐 증명한 여러가지 명제들을 가지고 영화를 만들어보고 싶었다. 수학 영화. 지금껏 어느 나라에서도, 누구도 시도해 보지 않은 새로운 분야 아닌가. 나는, 아주 재밌을 것 같아 마음이 다 설레었다. 하지만… 사람들의 반응은 시큰둥했다. 수학을 어떻게 영화로 만든단 말인가. 사실, 난 그 점은 시나리오로 설득할 수 있다고 생각했다. 재밌게 써서 보여주면 되니까.

하지만 내가 극복할 수 없었던 점은, 여기가 대한민국이란 점이다. 머리 까만 한국인들이 외국인들 얘기를 하기는 아무래도 웃길 것 같았다. 그렇다고 〈건축무한육면각체의 비밀〉처럼 어떤 사실을 파헤치는 식의 구성은 싫었다. 그래서 관뒀다. 수학 영화 외에도 내가 한국인이기 때문에, 여기가 헐리웃이나 유럽이 아니기 때문에 포기해야 했던 소재들이 몇 가지 더 있다. 어떻게 극복할 것인가. 숙제다.

지난겨울엔 비조차 인색하더니 크리스마스 새벽에 보란듯이 함박눈이 퍼부었다.

일상이란 얼마나 드라마틱한지! 내가 드라마틱한 영화를, 글을 쓰겠다고 하는 건 어쩌면 말도 안 되는 일인지도 모르겠다. 어떤 영화도, 소설도, 詩도… 평범한 그날그날의 일상보다 더 감동적일 수는 없는데.

오늘도 나는 만 하루치의 일상을 복용한다. 약효는 장담할 수 없으나, 부작용도 내 탓. 그러나 부작용마저도 내 인생을 아름답게 할 것이다.

해가 정말 길어졌다. 새벽 5시 즈음 되면 보란 듯이 떠오른 해가 오후 8시가 되어도 끈질기게 살아서는 하필이면 축구 개막식이 있던 날만 제외하고는 연방 쨍쨍한 기운을 떨치고 있다(아무래도 옛날 우리 선조들이 승천하는 용을 잡아 죽인 게 분명해. 그러지 않고서야……. 게다가 5—0으로 참패까지 하지 않았나. 아, 어쩌면 날씨 탓이라도 하라고… 핑곗거리를 만들어주시는 건가). 좌우지간, 날이 길어지니 뭔가 더 많이 해야 될 것 같은 생각이 든다. 물론 요즘은 일만 해도 시간이 턱없이 부족하지만 일이야 당연히 해야 할 일이니까 그 이외의 것을 해야 할 것 같은 것이다. 그래서 그동안 못했던 것들의 목록을 쭉 적었다가 '못'을 모두 '안'으로 바꾸었다.

아, 일한답시고 책도 안 읽었네.

아, 일한답시고 친구도 안 만났네.

아, 일한답시고 술도 안 마셨네.

아, 일한답시고 여행도 안 갔네.

아, 일한답시고 영화도 안 봤네.

급기야는,

아, 일한답시고 잠도 안 잤네.

그래서 그저께는 늦은 시간에 무리하여 약속을 잡아 술을 마셨고, 어제 아침부터 오늘 아침까지 계속된 20시간의 릴레이 회의를 마치고 집에 돌아온 오늘은, 맘먹고 앉아서 인터넷으로 쇼핑을 했다. 책 세 권, 음반 세 장. 사실 사고 싶은 것이 너무 많아서 일단 쇼핑카트에 모두 담았다가 우선 순위로 하나씩 지워 나갔는데, 그 작업이 어찌나 힘이 들던지…….

콧수염을 통해 자신의 존재를 증명하려는 어떤 사내의 고통스런 과정을 다룬 〈콧수염〉과 지난 2천 년 동안 만들어진 인류의 위대한 발명들을 과학적, 감성적, 현실적인 관점에서 고루 되짚었다는 〈지난 2천년 동안의 위대한 발명〉, 그리고 최근에 드디어 영국의 수학자에 의해 정리됐다고 해서 다시 한 번 이슈가 되었던 〈페르마의 마지막 정리〉를 yes24에서 구입하고, 새로 가입한 '오이' 음악몰에서 '유키 구라모토'의 신보, 개인적으로 '한국의 베리매닐로우'라고 생각하고 있는 김건모가 이제는 개그보다 노래를 훨씬 많이 부르는 것을 칭찬하는 뜻에서

7집. 그리고 이적, 윤상, 김광민, 노영심 등 정말 좋아하는 뮤지션들이
대거 참여해 함께 작업한 재즈트럼페터 이주한의 신보 〈10+1〉을 주문
했다. 그리고 동봉되는 엽서에 그렇게 써 넣었다.

보다 넓고 깊게.

아울러 오래오래.

여자로서, 작가로서, 사람으로서의 가치와 생명력…….

수신자 고은님.

오랜만에 '오… 그대는 아름다운 여인'을 듣고 있다. 어쩐지 심장이 말랑말랑해지는 것이… 눈시울이 후끈해지는군.

지난 한 해, 내게 가장 의미있는 노래였고… 앞으로도 꽤 오래 그럴 것이다.

'영화는 일기가 아니다.'

결단코 그런 생각을 갖고 있는 나로서는 영화와 작가를 동일시하며 내게서 무언가를 찾아내려던 눈빛들, 혹은 찾았다는 식의 정의들—가령 고은님은 순진하기도 하지… 그런 운명을 믿다니… 그런 운명적인 사랑의 찬가를 부르다니… 그런 식—이 불편하기도 하고 앞으로 내 '글쓰기' 뿐 아니라 나 스스로 내 자신을 편협하게 가둘지도 모르겠다는 노파심도 가졌었으나…

지금은 좋다. 금세 좋아졌다.

사실…… 가슴에 손을 얹고 생각해 보면, 결국은 무언가 고백하지 않았나. 내 안의 무엇. 내 안의 수천 수만 가지의 가능성 중 적어도 하나는. 바로 다음 순간 그것을 향해 내가 직접 돌을 던질지언정… 그 역시 내가 아닌가.

내 안의 수많은 나 중 하나가 튀어나와 사람들과 악수하고 끌어안았던 2001년. 물론 그런 식의 악수에 익숙하지 않아 툭하면 엎어지고 자빠지고 코가 깨지기도 하였으나…… 그래도… 눈시울이 후끈해질 만큼 따뜻하였다.

2002년이다. 몇 시간 전부터 그렇다고 한다. 세상 사람들이 다같이 약속을 하고, 오늘부터 고은님은 서른한 살 먹은 철부지라고 부르기 시작한 것이다. 아아, 어떻게 살까(축구 때문인가. 뭔가 좀 더 액티브하게 살아야 하지 않겠나— 하는 생각이 든다. 하하).

지난 금요일 개봉 이후 오늘 처음 대표님과 감독님을 만났다. 서로 꺼칠한 얼굴들을 보며… 그냥 웃었다.

기대하고 봤다가 실망한 관객들에게… 많이 죄송하다. 친구랑 약속하고… 시간 내어 극장까지 가서… 밥 사 먹어가며 영화를 보고… 주차비를 내고… 그런데 너무 재미없어 화가 나신다면, 정말 죄송한 일이다. 아예 보지도 않고 이렇다더라 저렇다더라 욕하는 분들은 솔직히 밉지만, 관심있어서 봤는데 돈 아깝다 하는 분들께는 7년 된 차를 팔아서라도 환불해 드리고 싶다. 정말이다.

하지만… 하지만 말이다. 어드벤처를 하겠다면서 사람 얘기를 하려던 것 자체가 무모한 짓이라고, 헐리웃이 그러지 않는 데는 다 그럴 만한 이유가 있지 않겠냐고, 갑자기 괴력이 생기든, 가공할 무기가 있든,

마법을 부려서라도, 근사한 영웅이 등장하여 단순하게 치고 박고 넘어지다 마침내 막강한 적을 물리치는 것이 옳다고, 그대로 베끼기도 힘들 판에 오버하더니 결국 가랑이가 찢어졌다고, 한 번만 더 이런 것 쓰면 죽여 버리겠다고까지…….

그 비난과 혹평 속에서 지난 일주일 꼬박 생각하고 생각하고 또 생각했다. 생각하다가 여력이 남으면 또 생각해 봤다. 생각해 봤는데.

어드벤처 영화라면 이러이러해야 한다고 헐리웃이 만들어놓은 공식. 판타지는 무조건 예쁘고 꿈같고 동화 같아야 한다는 고정관념. 그렇게 안전한 길, 사실 모르지 않았다. 적어도 욕먹지 않는 길, 적어도 망하지 않는 길 정도는 알고 있었다. 그러나 영리하지 못하든지, 어줍잖은 객기든지, 순수인지 멍청인지 열정인지 맹목인지… 좌우지간 어떤 이유에서건, 나는, 우리는, 낯설고 위험하고 보장되지 않은 길을 선택했고, 그 선택에 대해서 지금도 후회하지 않는다. 물론 그 길을 헤치고 간 방법에 대해서는 백 번 천 번 반성하고 있지만, 아예 가지 말았어야 했다는 후회는 결코 하지 않는다.

어떤 영화 장르건, 어떤 글쓰기건, '사람'이 한가운데 있는 글을 쓰고 싶다는 내 마음은 10원어치도 변함없다. 간혹 〈번지…〉 이후 내가 타락이라도 한 듯, '블록버스터'라는 유혹에 천지분간 못하고 몸을 던진 것처럼 비난하는 분들도 계시지만, 내 심장을 걸고 말하건대, '사람'을 대하는 내 시선, '영화'에 대한 내 마음가짐, '관객'에 대한 두려움… 그 어떤 것도 달라지지 않았다.

오히려 지금 내가 부끄럽고 고통스러운 이유 역시, 처음 의도했던 만큼 사람이 영화 한가운데에 있지 않기 때문이지, 겁없었던 '시도'에 대한 후회나 부끄러움이 결코 아니다. 지금도 나는, '어드벤처'에는 모름지기 영웅과 미인과 강적만 있으면 될 뿐이라는 '정석'에 타협할 수 없고, 차후 영화 만들기 너무 힘들지 않게 내 선에서 적당히 수위 조절하며 써야 한다는 충고 역시 받아들이기가 몹시 힘들다.

〈번지…〉 때문인지, 나에게 어떤 '기발함', '독특함', '반전' 그런 것을 원하는 분들이 많은 모양이지만, 그때나 지금이나 나는 '기발함'을 이야기하고 싶지 않다. 인우와 태희의 사랑을 가슴 절절한 특.별.한.것.으로 만들지 않고 누구나 했음직한 소소한 연애로 악착같이 고집한 것도 같은 이유다. 깜짝 놀랄 만한 이야기, 만화에 나오는 듯한 주인공, 뒤통수를 치는 반전… 아아, 내가 하고 싶은 얘기는 그런 것이 아니다. 나는 좀 더… 아니, 더 많이… 보편적인 사람을 이야기하고 싶다.

물론 감당하기 어려울 만큼 모진 돌팔매질에 피가 철철 날 때는, '역시 그렇게 했어야 했나… 그렇게 할까…' 하는 생각이 슬그머니 들기도 하는데, 슬그머니라도 부끄러운 일이다. 그러지 않으려고, 겁쟁이가 되지 않으려고, 자기 검열하지 않으려고, 욕먹는 것을 두려워하지 않으려고, 지금 고백하는 거다.

잘했어야 했다. 너무 못해서 정말 죄송하다.

거기까지. 반성은 아주 열심히 하고 후회는 하지 않겠다.

몇 달 전부터 엄마의 왼손 엄지손가락이 편찮으셨다. 잘 펴지지도 잘 구부려지지도 않더니 이젠 단추를 제대로 여밀 수 없을 만큼 자지러질 듯한 통증을 느끼셨다. 그래서 어제, 딸을 닮아(?) 병원 가기를 돈 꾸러 가는 것마냥 싫어하는 엄마를 반강제로 끌다시피 하여 병원에 모시고 갔다.

병원 가는 길이 멀지도 않은데, 골목골목 신호를 무시하고 쏜살같이 달려나오는 차들이 어제 따라 왜 그리 많은지, 몇 번을 급정거했다. 괜히, 맘이 안 좋다.

"내일 당장 수술하시죠."

아주 젊은 의사가 말했다. 너무 오래 방치해 두어서 염증까지 생겼단다. 더 놔두면 손을 전혀 못 쓸 수도 있다고 건조하게 말한다. 손가락의

인대(정확히 말하면 인대를 연결하는)가 비대해졌기 때문이란다. 왜냐하면······

"일종의 노화예요. 마흔다섯이 넘으면서 생기기 시작하는 증세입니다."

병원을 나와, 얼른 집에 가서 저녁 지어야 한다는 엄마를 구박하며 저녁 시간도 채 안 됐는데 괜히 식당으로 가서 밥을 사드렸다.

"수술해야 되는데 영양 보충해야지."

어디 부딪힌 것도 아니고, 누구에게 맞은 것도 아니고, 사고를 당한 것도 아니고, 실수로 몸 간수를 잘못한 것도 아닌데, 오로지 나이를 먹었다는 이유로 몸 여기저기가 고장이 나다니, 막을 수도 피할 수도 없다니. 밥알이 모래알처럼 입 안을 굴러다닌다. 반찬 맛도 죄다 쓰다.

최근에 주변의 스물넷, 서른의 젊은이가 과로사와 간암으로 각각 세상을 떠났다. 특별히 가까운 사이가 아니었는데도 순간 눈물이 와락 솟구치는 충격이었고, 천천히… 나이를 먹으며 가만가만 죽음을 맞는 것도 복된 일이구나, 하는 노인네 같은 생각도 했었다. 하지만 세월이 가는 것을 고장난 몸과 약해 빠진 마음으로 느껴야 한다는 건 조금 쓸쓸한 일이다.

아침 10시에 수술을 잡았으니 조금이라도 자고 일어나 모시고 가야 하는데, 좀처럼 잠이 오지 않네.

1

최근에 모 제품의 TV 광고 제의가 들어왔다(사실 무슨 상품인지 밝혀야 재밌는데… 그것은 그들에 대한 결례라). 고사했더니 콘티를 보기라도 해달란다. 사실, 이런저런 구설수에 오를 것이 싫을 뿐 광고 경험, 해보고 싶다. 재밌겠잖나. 앞으로 살면서 해볼 수 있는 경험 중에 극히 희박한 것 아닌가.

그래서 어제 만났었다. 콘티를 받아봤다. 봤는데… 콘티를 보니 좀 내키지가 않는 부분들이 있다. 그래서 하룻밤 생각해 본 뒤 콘티와 카피를 새로 만들어 제안했다. 감독과 클라이언트 등이 모여 다시 회의를 하고… 저녁나절 전화가 왔다. 글쎄, 내 콘티를 받아들이겠다는 것이다. 앗, 저엉말? 단, 가운을 입어달란다. 일종의 나이트 가운 같은 것. 크하하하.

못하겠다고 했다. 클라이언트가 고집해서 할 수 없이 부탁은 했지만, 내가 당연히 거절할 줄 알았다며 무척 미안해한다. 사실 그럴 일 없는 건데. 뭐, 재밌었다. 쿠쿠.

2

어제 밤을 새우고 오늘 낮까지 부랴부랴 작업을 하여 메일을 보낸 뒤에 회의를 하러 일산으로 달려간다. 외곽 순환 고속도로. 다른 차들과 보조를 맞춰 시속 12㎞으로 질주하는데, 갑자기 내 앞의 갤로퍼가 우뚝 선다. 속력을 점점 낮춘 것도 아니고, 비상등을 켜지도 않고, 그냥 '얼음!' 하듯이 우뚝 서버린 것이다.

다리에 쥐가 나도록 있는 힘을 다해 브레이크를 밟았다. 밀린다. 고무 타는 냄새를 풍기며 외곽 순환 고속도로 위에 내 차 바퀴 자국을 선명하게 남기며 계속 미끄러진다. 갤로퍼 뒤꽁무니가 내 눈앞으로 빠르게 덤벼든다. 가제트 형사처럼 머리에서 낙하산이라도 펼쳐 탈출하고 싶단 생각이 든다. 50센티… 30센티… 점점 가까워 오는 갤로퍼 등짝. 끼익—

하느님이 보우하사, 정말 눈꼽만큼도 보태지 않고, 갤로퍼와 단 한 뼘의 차이로 차가 멈췄다. 극적이군, 극적이야. 감사합니다. 아멘.

3

    도대체 무슨 일로 정지했던 것인지 영문을 알 수 없는 갤로퍼는 비상등 한 번 깜박거리지 않은 채 천연덕스레 다시 달리기 시작한다.

    제 뒤에서 도대체 무슨 일이 벌어진지 모른단 말인가. 화가 난다.

    얼른 속력을 올려 뒤쫓기로 한다. 뭐 뒤쫓아간다고 해서 뾰족하게 해줄 것도 없지만, 그래도 뒤통수에 하이빔이라도 한번 쏴주자… 라는 생각으로. 앗. 그런데…….

4

    80km까지 올라갔던 속도가 갑자기 빠르게 떨어지더니… 이윽고 0이 돼버린다.

    웬일이냐. 얼른 비상등을 켜고… 그 자리에 섰다.

    뒤따라오던 차가 내 꽁무니를 들이받을 뻔하다가, 조금 전의 나처럼 급정거한다. 또 그 뒤의 차도… 다시 그 뒤의 차도… 순식간에 차도가 엉긴다. 그렇게 한 대가 들이받을 듯 달려왔다 겨우 가고, 또 한 대가 섰다 가고… 다시 또 한 대…….

    집채만한 화물 트럭이 도로가 궁— 궁— 울릴 만큼 요란하게 경적을 울리며 번쩍번쩍 하이빔을 켜면서 달려오는 모습이 보인다. 눈부시게,

귀 터지게 달려오다가 깻잎 한 장의 차이로 아슬아슬 피해가는 차들을 보고 있자니, 앉아서 죽기를 기다린다는 게 바로 이런 거구나— 하는 생각이 들었다.

좀 더 과속하여 140㎞쯤으로 달리던 트럭이나 리무진 버스 등이 달려와 미처 서지 못하고 나를 받아버린다면, 나는 그대로 튕겨 나가 몇 바퀴쯤 뱅글뱅글 돌다가 중앙 분리대를 들이박고… 역시 옆 차선에서 달려오던 차량과 한 번 더 충돌한 후에… 운명을 달리할밖에. 끄응.

그러나 어쩌랴. 이젠 시동도 걸리지 않아 전조등까지 끈 채, 캄캄한 고속도로 위에서 내가 할 수 있는 일이란 아무것도 없었다. 그저 침침한 비상등을 껌벅거리는 수밖에.

내 차 엉덩이에 정수리를 들이박는 차들이 무서워서 나가서 도로에 서 있을까 시도해 보지만, 고속열차처럼 달려오는 차들을 보니, 차라리 차 안에 앉아 있다가 죽는 편이 최후에도 꼴이 좀 낫겠다 싶다.

5

지금 일산에서 식사까지 주문하고 기다리고 있는 분께 먼저 못 갈 것 같다고 전화를 드리고, 보험회사 전화번호를 묻기 위해 114를 누르다가… 갑자기 맘을 바꿔 친구에게 전화를 걸기 시작했다. 지금 같은 상황이면, 견인차가 도착하기 전에 죽을 게 뻔하다는 생각이 들었기 때문이다.

'집 나오기 직전에 언짢게 통화하고 끊은 친구와 화해를 하자.'

신호가 가기를 기다리는 동안, 집에는 어떡할까… 생각해 본다. 어쨌든 아직 안 죽었는데 곧 죽을 것 같아요, 라고 말할 수는 없는 노릇이니 차라리 알게 되실 때까지 놔두자, 그 따위 생각을 한다. 그사이에도 차들은 쉴 새 없이 잡아먹을 듯 달려들었다가 요란법석을 떨며 간발의 차로 나를 피해가고 있다.

6

다행인지 불행인지 신호가 채 떨어지기 전에, 삐뽀삐뽀— 요란하게 고속도로 순찰대가 나타났다. 왕복 10차선의 고속도로. 나는 3차선에 서 있다. 한가운데다. 나를 중심으로 크게 원을 그려도 된다. 질주하는 차량들 사이로 선뜻 들어오지 못하고 갓길에 선 순찰차에서, 뚱뚱하고 큰 아저씨랑 날씬하고 작은 아저씨가 내려서는 나를 향해 연방 붉은 지휘봉을 흔들며 '이리 나오라'고 외친다. 여보세요, 거기까지 갈 수 있으면 앞으로 갔지, 이러고 서 있겠나요… 라고 속으로 생각하는데, 그게 아니었다. 나중에 알고 보니, 차를 움직이라는 것이 아니라 당장 차에서 내려서 갓길로 나오라는 것이었다.

7

결국 경찰 아저씨들이 요리조리 묘기를 부리듯 고속도로를 가로질러 내게 다가왔다. 뚱뚱하고 큰 아저씨가 다짜고짜 고함을 버럭버럭 지른다.

"지금 죽을라구 그래요?"

한 사람이 경찰봉을 휘둘러 한 차선을 겨우겨우 막으면 다른 한 사람이 차를 밀어 겨우 한 차선 옮기고, 또 한 차선 막고서 한 차선 가고… 그렇게 밀며 끌며 간신히 갓길까지 나갔다. 그사이, 순식간에 아비규환이 된 고속도로. 상황을 봐서는 10중 추돌쯤 당장 일어날 것 같은데, 참 신기할 정도로 아슬아슬 위기들을 모면한다. 역시 한국 운전자들은 운전을 참 잘해라는 속 편한 생각을 한다. 정신 못 차렸지, 고은님!

8

김포 평야 바람이 뼛속을 에이는데, 키 크고 뚱뚱한 아저씨가 일장 연설을 하기 시작한다.

"그러면 얼른 차를 버리고 나와야지, 그러고 앉아 있으면 틀림없이 죽어요!"

밤길 고속도로 위에서, 120km 이상 속도를 내고 달리던 차량이 전방에 서 있는 차의 비상등을 인식하고 그 순간 바로 브레이크를 밟는다

해도, 달려오던 가속에 의해 그대로 충돌할 수밖에 없다는 것이다. 나는 운이 좋았다고 몇 번을 말한다.

아, 그런가. 하지만… 횡단보도도 없고 육교도 없는데 어떻게 고속도로를 가로질러 갓길까지 건너나요… 속으로만 꿍얼거리다가, 참다못해 웃으며 한마디 했다.

"허허… 일부러 그런 것도 아닌데 화 좀 그만 내세요."

키 작고 날씬한 경찰은 친절하다. 보험회사에 전화를 걸어 견인차를 불러주겠다며 가입한 회사가 어딘지 묻는다.

"D화재요."

사실 원래는 S화재였는데, 운전 시작한 첫 겨울에 사고를 하도 많이 내서, 짤렸다. 쩝.

불쌍했던지 S화재에서 날 담당했던 분이 임의로 'D화재'로 옮겨놓았다고 일전에 말해 주었던 것이 기억났다. 그런데 전화를 걸어본 상냥한 경찰이 나지막이 말한다.

"H해상이시래요."

에엥? 그럴 리가요. 지난번 버스 사고 때도 문의했었는데? 난 춥고 시끄러운 고속도로 갓길 위에 서서 앞과 뒤는 생략하고 이렇게만 말한다.

"이상하다… S화재에서 D화재랬는데요……?"

이게 무슨 말이냐. 말하고 보니 정말 바보띨띨 양의 말 아닌가. '제가 가입한 보험 회사는, S화재에서 D화재랬어요'라니. 경찰은, 가련한 시선으로 날 바라보며 H해상에 다시 전화를 걸어 내 차의 견인을 부탁해 주고 조심하라며 당부하고 갔다. 고맙습니다(집에 와서 확인해 봤는데… 역시 D화재였다. 귀신 곡할 노릇이다).

⑩

혼자 추운 차 안에 앉아 견인차를 기다리고 있자니 그제야 겁도 슬그머니 나고 괜히 서러움이 복받친다. 별별 생각이 다 스쳐 지나간다. 눈물까지 나려는 걸 노래를 부르며 꼭꼭 참는다.

⑪

견인차가 왔다. 차를 싣고, 나는 트럭 조수석에 타고 간다. 이렇게 큰 차는 처음 타보는군. 자리 되게 넓네.

"어디로 갈까요? 10킬로 이내는 무상이구요, 1킬로에 2,000원씩 가산돼요."

‘공항으로 가죠’ 라고 말하고 싶다고 생각한다. 그러는 사이, 견인차는 그대로 톨게이트를 통과한다. 얼른 1,100원을 내주고 나서야, 말했다.

“아저씨, 유턴이요.”

다시 1,100원을 내고 집으로 달린다.

🄬

회의하기로 했던 분도 같이 달린다. 우리 동네에서라도 만나자신다. 견인차 아저씨께 집 근처 카센터에 내려달라 했는데, 카센터가 모두 문을 닫았다. 결국, 셔터 내려진 카센터 앞에서 차랑 같이 내렸다. 30킬로 주행—10킬로 무상=20킬로=4만원. 아, 아까워.

🄭

그냥 도로 옆에 차를 세워두고 가자니 영 불안하다. 아침에 불법 주차로 견인해 갈지도 모르기 때문이다. 그럼 뭐냐. 견인된 곳에 가서 차를 찾는다 해도, 차가 고장나서 몰고 올 수가 없으니, 그곳 사람들에게 ‘원래 있던 자리로 다시 견인해 가주세요’ 라고 해야 하나.

만날 분이 도착하기 전에, 노트를 찢어 연필로—차에 비상용으로 두었던 볼펜은 얼어서 나오지 않고 가방 안엔 달랑 연필 한 자루뿐이었다, 오늘따라. 하필 연필이라니. 쓰다가 심이라도 똑 부러지면… 설정 끝내주지 않는가!—큼지막하게 썼다.

"주행 중 이상으로 견인되어 온 차량입니다. 견인해 가지 말아주세요."

크하하. 내가 봐도 웃기다.

14

회의를 한다. 사고난 사람답지 않게 발랄한 컨셉으로.

15

집에 돌아와서는, 죽기 전에 화해하려고 시도했던 친구와 통화를 그제야 하다가, 어이없게도 옛날 일들을 들추며 대판 싸웠다. 엉엉.

16

새벽 3시. 이 게시판에 종종 등장하는 동생에게서 전화가 왔
다. 대부분은 내가 얘기를 듣는 편인데, 다른 이들과 만나도, 나
는 주로 열심히 듣고 많이 웃고 맞장구를 치는 편인데, 오늘은 줄
줄 얘기했다. 무슨 모험담인 듯. 아침의 광고 해프닝부터 14번
일까지. 쿠쿠.

17

배가 고프다. 회의 장소에 가는 길에 '매운 것 좋아한다'고,
'낙지볶음, 좋다'고 했던 통화가 기억난다. 잡곡밥 한 그릇을 데
워 꼭꼭 씹어 먹었다. 이따금 속이 부대낄 때 반찬 없이 맨밥만
먹으며 간간이 커피를 마셔 주면, 아주 맛있다.

우여곡절 끝에 하루를 보내고 이제야 '어제 저녁'을 먹고 앉았
자니 팔다리가 방바닥에 늘어붙는 기분이다. 나름대로 파란만장
한 하루 혹은 열달이었다. 으흠. 잘살고 있는 건지는 모르겠으나
적어도 대차게는 살고 있는 것 같다.

언제가… 차 앞 유리에 금이 쩍 갔었다.

룸미러에서 시작한 조그만 흠집이 자꾸만자꾸만 커지더니 결국 쩍 갈라졌다.

금 간 유리를 부분부분 때워주는 곳이 있다고 해서 찾아갔더니, 밖에서 금 간 것이 아니라 차 안에서 금이 간 것이라 고칠 수 없다고 했다.

통째로 가는 수밖에 없단다.

꼭 마음 같단 생각을 했다.

얼굴보고 아픈 상처야 싸우고 화해하고 울고 약 바르면 나을 수 있지만, 마음 깊은 곳에 조금씩 금 간 상처는 어떻게 손을 쓰나.

눈에 보이는 상처야 심해지기 전에 치료도 하고 덧나지 않게 조심도 한다지만, 꽃이 피었다 지듯, 보이지 않게 조금씩 조금씩 마음을 갉아

먹는 상처는 어떻게 막나.

　마음에 자꾸만 금이 간다… 너무 아프다.

　꽤 예뻐하던 커피 잔이 깨졌다. 금이 가고 조각도 떨어져 나갔다.

　난생처음 화장한 시골 처녀처럼 예뻤는데… 아침 첫 커피 꽉꽉 채워

마시면 딱 좋았는데… 아침 친구를 잃었다.

　"…굿모닝?"

　마지막 아침 인사를 건네보았다.

　마음에 금 간 아침도, 역시 '굿모닝' 이다…….

〈번지점프를 하다〉가 개봉되던 무렵, '번지…' 홈페이지 게시판
에는 이따금 '원작자가 따로 있다는데 누구예요?' 라는 글이 올라왔었
다. 그러면 이내 친절한 분들이 '원작자는 따로 없다. 고은님 작가가 곧
원작자다' 라고 답변을 달아주시곤 했었다. 그때까지만 해도 별 의구심
은 들지 않았다. 흠. 왜 원작자가 따로 있을 거라는 얘기가 돌까? 소설
같은가? 하는 정도. 하지만.

〈꽃〉 방영 이후 MBC 베스트극장 게시판에, '고은님은 〈번지점프를
하다〉의 각색자일 뿐이며 원작자는 따로 있으니 이 참에 양심 선언을
하라' 라든가 '다만 말도 안 되는 영화 〈아유레디?〉의 작가일 뿐이니 시
청자들은 속지 말라' 든가 하는 식의 글이 여러 사람에 의해 올라오는

것을 보자니 어라? 이거 웃어넘길 일이 아닌가 싶었다.

그러다 그 얘기의 근원지가, '이렇다더라, 저렇다더라' 하는 식으로 말이 만들어지고 부풀려지는 술자리나 사석이 아니라, 어엿한 '한국 영상 작가 교육원'의 어느 강사 분이란 사실에 적잖이 충격을 받았다. 작가 교육원에서 강의를 할 정도면 분명 영화계에서 활동했거나 하고 있는 분일 텐데, 어쩌자고 그렇게 터무니없는 이야기를 강의 때마다 반복하여, 교육원생들이 분노와 배신감에 지금이라도 진실을 밝히고 싶어하도록 만드는 걸까. 대체 누구이며 의도는 뭘까. 뭔가, 언젠가, 나도 모르게 그분에게 큰 잘못이라도 저지른 걸까. 혹시 그랬다면 제대로 사과하고 오해가 있었다면 풀고… 그리고 나도 사과받고 싶다. 그리고 향후, 틈날 때마다 해명도 부탁하고 싶다.

그분의 명강의 덕분에 그 교육원 출신자들은 모두 이 사실(?)을 알고 있다니, 이것 참 화가 나려고 하는구나!

어른이 된다는 건 _2003.1.30.

눈 내린 아침.

놀이터엔 '어른'과 '아이들'이 있었다.

어른이 된다는 건, 눈 내린 아침에 공 대신 빗자루를 들고 나서는 것… 일까.

너무 추워서 철망모기장 문을 닫고 찍었더니, 철망의 격자가
그대로 찍혀 버렸네요.

새로운 캐릭터를 고민하면서 문득(혹은 다시) '번지…'의 '서인우'가 생각났다. 사랑의 영원성 따위 우스워하던, 첫눈에 반한다는 따위·믿지 않던, 지나치게 이성적이고 현실적이던 남자. 그러나 기상청에서도 미처 예상할 수 없었던 소나기처럼 어느 날 갑자기 정수리에 쏟아진 첫사랑에 17년을, 평생을, 다음 생까지…… 온전히 갖다 바친 남자, 그가 내 영화의 첫사랑, 서인우다.

그의 얘기를 영화로 만들자니 누군가 돈을 대주어야 했고, 그 투자자를 혹하게 하기 위해 '기획안'이란 걸 써야만 했었는데… 기획의도가 어떻고… 캐릭터가 어떻고… 스토리는 이러저러하고… 구구절절 설명을 하자니 정말 머리가 아팠다. 이게 뭐람. 무슨 신상품을 팔아야 하는 마케팅 브리핑도 아니고. 한 남자의 혀가 말리는 사랑이라고, 느끼게만

하면 되지 않겠느냐 하는 생각에 내 멋대로 써낸 것이 바로 이 '연서'
였다.

　서인우가 인태희에게 보내는 러브레터. 물론 차후에 좀 더 보충 설명
을 한 형식적인 양식이 곁들여지긴 했지만, 그래도 다행히 버릇없을 수
도 있는 그 기획안(?)이 제작자와 투자자의 마음에 들었고… 결국 영화
엔딩에 서인우의 내레이션으로 일부를 사용할 수도 있었다.

　지금 그 편지를 다시 꺼내 읽는다. 그의 사랑이… 다시 필요하다.

이젠, 진부해서 더 이상 말할 수가 없습니다.

사랑합니다, 사랑합니다, 사랑합니다, 사랑합니다, 사랑합니다…….

제아무리 깨끗한 얼굴로, 목청을 가다듬어 백 번을 외친대도

이제 사랑은… 너무나 닳고 낡아서, 힘이 없군요……. 그래도… 사랑합니다.

당신은 얼만큼 사랑하느냐고 묻습니다.

글쎄요… 당신이 사람을 하나 죽인대도……?

남자와 여자가 만나 사랑하는 열정의 강도는, 두 사람이 만나기 전 얼마나 외로웠는가에 비례한다고, 에리히 프롬은 말했습니다. 열정은 식기 마련… 또 누군가는, 첫눈에 반한다는 것은 다만 상대에게 성(性)적 호기심을 느끼는 것뿐이며, 좋게든 혹은 실망스럽게든, 일단 그 호기심이 해소되고 나면 사라지는 일시적 감정일 뿐이라고 말했습니다. 호기심도 사라지기 마련…….

당신도 잘 알듯이, 나는 누구보다 논리적이고 이성적인 사람입니다.

눈멀고 귀먹어서 허우적거리는 사랑, 한 번도 못했으나 아쉽지 않았습니다.

그것은 사랑이 아니라고, 너무나 자신있었기 때문입니다. 오만방자한 표정으로, 양 허리에 손을 얹고, 사랑에 상처 입고 피 흘리는 선량한 사람들을 내려다보며 살았습니다. 그런데… 당신을 사랑합니다.

고백합니다. 첫눈에 반했습니다. 그리고… 이제 누구도 사랑할 수 없습니다. 당신이 누굴 죽인대도? 아니, 당신이 죽는대도…….

비 오는 날, 내 우산 속으로 뛰어들 듯 내 인생 한복판에 뛰어든 당신은, 도착한 버스를 타러 뛰어나가듯 어느 날 문득 또 그렇게 떠나 버렸지만… 죽어버렸지만… 사랑은 죽지 않는군요…….

사랑은… 바람 같은 것, 또는 물 같은 것이라, 하나의 사랑을 보내고 나면 그 자리에 새로운 사랑이 찾아와 고인다고 합니다. 정말 미안합니다만, 나도 그런 줄 알았습니다.

당신이 그렇게 떠나고, 그 자리에 어렵지만 다시 새로운 사랑이 찾아와 고이고, 나는 당신을 추억이란 이름으로 마음 한 켠에 접어놓았었습니다. 오래된 연애편지를 펼쳐 읽듯, 언제고 당신을 펼치면 지나간 사랑이 후두둑 떨어졌습니다만, 오래된 연애편지가 또 그러하듯, 종종 당신을 잊고 살았습니다……. 다시 한 번 미안합니다.

그러나 당신은 나를 잊지 않고 다시 찾아와, 나를 사랑하게 했습니다.

비록, 내가 기억하는 당신의 모습은 아니었으나…….

처음엔, 얼마나 혼란스러웠는지 모릅니다. 내가, 남자를 사랑하다니, 아니, 이것은 사랑이 아니다! 나 자신 인정할 수 없는 내 마음과 몸을 갈가리 찢고 싶었습니다……!

하지만… 나는 남자 혹은 여자가 아니라… 당신을 알아본 것이었습니다. 사랑을 알아본 것이었습니다. 당신이 누구인가는, 어떤 모습인가는, 중요치 않았습니다. 물론, 예전 모습 그대로 다시 와주었더라면 좀 더 쉽게 당신을 알아볼 수 있었으련만, 당신을 기억하는 데 오래 걸린 것에 대해 사과합니다.

사람이 몇 번을 죽고 다시 태어난대도 결국 진정한 사랑은 한 번뿐이라고 합니다.

대부분의 사람은, 단 한 사람만을 사랑할 수 있는 심장을 지녔기 때문이라죠.

사춘기 소녀의 일기장에나 적힐 법한 말이지만, 나는 고개를 끄덕이지 않을 수 없습니다. 당신이 가르쳐 준걸요…….

그러나 또 많은 사람들이 그 단 한 번의 사랑을 알아보지 못하여 놓친다고도 합니다.

태희 씨, 혹은 현빈… 내게 와주어 고맙습니다. 한 번, 두 번, 끊임없이 다시 와주어서 고맙습니다.

인생의 절벽 아래로 뛰어내린대도 그 아래는 끝이 아닐 거라고, 당신이 말했었죠.

다시 만나 사랑하겠습니다.

사랑하기 때문에 사랑하는 것이 아니라, 사랑할 수밖에 없기 때문에 당신을 사랑합니다…….

2001년 뉴질랜드에서.

서인우.

여기에 빨간색이 있습니다. 지구상의 모든 사람들이 입을 모아 '빨간색'이라고 말합니다. 그러나 그중 같은 빨간색은 단 하나도 없다고 합니다. 사람마다 지문이 다르듯이, 눈에 보이는 색깔도 저마다 각각이라는 것입니다. 50억의 인구에게 동시에 같은 빨간색을 보여준다 해도, 그 순간, 50억 가지의 빨간색이 존재한다는 얘깁니다.

사랑도 그와 같다고 생각합니다. 지구상에 50억의 인구가 살고 있다면, 50억 가지의 사랑이 존재한다고 믿습니다. 내 가슴으로 느끼고 내 머리로 이해할 수 있는 사랑은 고작 50억 분의 1에 불과한 것입니다.

'번지점프를 하다'부터 '꽃' 그리고 '첫사랑'에 이르기까지 줄창 손가락질 받고 아픈 사랑을 이야기하다 보니 마음이 점점 만신창이가 되는 걸 느낍니다. 주량이 자꾸만 늡니다. 나도 알콩달콩 유쾌발랄하고 누구나 웃으며 볼 수 있는 사랑을 이야기해 볼까 하는 유혹도 어쩌다 받습니다. 그러면 시청률도 한결 좋지 않을까 하는 근거없는 생각도 슬금슬금. 쿠쿠.

하지만 그런 사랑이야 이미 많은 작가 분들께서 제가 엄두가 안 날 만큼 예쁘고 재밌게 그려주고 있는 데다가, 저는 어쩌자고 대책도 없이 구석에 처박힌, 손가락질받는 사랑에 자꾸만 관심이 갑니다. 그들을 밝은 곳으로 끄집어내어, 이들의 사랑도 사랑이라고 변명해 주고 싶은 욕심이 있습니다. 주제넘게도. 그래서. 덥석 뛰어들었습니다.

그런데 욕심이었나 봅니다. 키울 능력도 없으면서 아이만 잔뜩 낳아놓은 흥부 마누라 같다는 생각이 문득 드는 요즘입니다. 이런저런 제안을 듣게 되고 시스템에 순응하지 않는 똥고집 혹은 어처구니없는 소문으로까지 돌변하여 저를 압박합니다.

하지만 계속 가보기로 합니다. 물론 똥고집 따위 피울 생각은 없습니다. 선택에 대한 대가를 치르겠다는 각오는 처음부터 단단히 했었으니까. 또한, 순응까지는 아니더라도 다분히 유동적인 적응력을 가지고 있습니다. 그러니 그런 식의 단순한 편 가르기는 하지 말아주시기를.

다만 내가 넌더리나게 싫어하는 말들.

"원래 다 그래."

"좋은 게 좋은 거야."

어느 순간, 제가 그 말을 하게 되지 않았으면 좋겠습니다. 부디. 이해까지는 아니더라도 쌀쌀맞은 인정 정도는 받는 것. '그렇군. 그럴 수도 있군. 저런 사랑도 있군 그래' 라고. 서경의 어머니가 준희에게 애정 어린 냉소를 던지듯 그렇게. 그것이 제가 욕심 내는 최대치입니다. 불가항력의 악조건들이야 어쩔 수 없다 하더라도. 결코 허황된 욕심이 되지 않기를.

기도합니다. 노력하겠습니다. 마음을 좀 더 모아봅니다.

＊

결국 〈첫사랑〉을 통해, 고은님은 소주와 비를 지독하게 좋아한다는 사실을 더 이상 숨길 수 없게 되어버렸군요. 하핫. 올 여름엔 비가 많아서 소주도 많았습니다. 냉장고에 항상 산소주가 들어 있네요.

그것뿐이냐고요? 아, 네, 네. 기쁘거나, 아프거나, 슬프거나, 싸운 뒤거나… 등등의 상황마다 옆에 있는 사람과 목청을 돋우어 음치스럽게 노래하는 것도 좋아합니다. 네에, 그런 것입니다.

언젠가 '누굴까' 라는 제목의 일기를 쓴 적이 있다. 누군가 '번지점 프를 하다' 의 원작자는 따로 있으니 고은님은 지금이라도 진실을 밝히 라고 말하고 다니는 사람이 있다고. 그 얘기를 전해 들었다는 사람 몇몇이 분노하더라고. 그래서 도대체 누굴까. 무슨 억하심정일까. 내가 그 혹은 그녀에게 무슨 잘못을 한 걸까. 조금 화가 난다… 라는 글.

그제 새벽인가. 발신자 번호가 0으로 찍힌 문자 메시지를 받았다.

'…번지점프도 돈 주고 샀으니 첫사랑은 조기 종영하는 게 당연하 다…' 하는 내용. 그리고 끝에는 웃는 얼굴.

문자를 확인한 순간, 좀 멍했다. 어마어마한 솜 뭉치에 얻어맞은 듯 한 기분이랄까. 마음이 몹시 불편해서 잠이 오지 않았다. 책이라도 좀 읽을까 하여 밤을 새웠지만 그저 눈으로 글자를 훑었을 뿐, 책장을 덮은 후에 머리 속엔 아무것도 남아 있지 않았다.

누굴까… 계속 그 질문만 맴돌았다. 그리고 그 다음 궁금한 것은 왜 그럴까…….

발신자 확인을 요청했다. 내 신원을 아주 소상히 밝혀야만 가능하기 때문에 상당히 속상하고 부끄럽긴 했지만 계속 찜찜한 것보다는 감수하는 편이 좋을 듯했다. 오해가 있다면 풀고, 내가 잘못한 것이 있다면 사과하고, 어떤 쪽도 아니라면 사과받고 싶었다.

사실 발신자 확인은 꽤 껄끄러운 과정을 통해야만 알 수 있을 뿐 아니라 과정을 밟는다 해도 '신원 보호 정책'으로 인해 저들의 판단 하에 확인해 주지 않는 경우가 태반인데, 그들이 봐도 내용이… 내용이었나 보다. 가르쳐 주었다.

011—XXXX—XXXX.

경솔하지 않을 수 있는 시간을 벌기 위해 내키지 않는 점심 밥을 열심히 먹으며 생각해 보다가… 전화를 걸었다. 그쪽에서 이미 내 번호와 신원을 파악하고 있으니 그대로 걸면 받지 않을 것 같아 *23#을 누르고 전화를 걸었다.

앳된 여성의 음성. 처음엔 그런 적이 없노라 잡아떼던 그녀가, 곧 자신은 그저 누군가에게 전화기를 빌려주었을 뿐이라고 말을 바꾸더니, 그럼 그 누군가와의 통화를 부탁하자 자기 생각은 아니지만 어떻든 그 문자를 찍은 것은 자신이니 자신에게 얘기하라고 말한다. '왜 그런 것인가' 하고 물으니 나를 나무란다. 원래 사는 게 그런 것 아니냐고. 소위 잘 나가다 보면 시샘하는 사람이 있는 법이고 없는 소문도 나는 건데 이렇게 발신 추적까지 해서 전화를 해야겠냐고.

"너무 민감하신 거 아녜요?"

당당한 그녀를 높이 평가해야 하는 것인가. 후후.

"첫사랑… 잘 못 써서 미안합니다. 하지만 없는 얘기를 만들어 퍼뜨리는 건, 죄예요. 사과해 주지 않겠어요?"

그랬더니 그녀의 대답이 뜻밖이다.

"그러실 거 없어요. 첫사랑 재밌게 잘 보고 있으니까."

갑자기 나는 그녀가 매우 궁금해졌다. 대체 어떤 사람일까. 먹장구름 같던 마음이 이내 사람의 캐릭터를 살피는 '직업병' 으로 바뀌는 순간이었다.

통화를 끝내기 전에 '혹시 우리 만난 적이 있나요? 우리 아는 사인가요?' 라고 물었다. 아니란다. 나는 그녀를 전혀 모른단다.

길에서 스쳐 지나가게 될지도 혹은 식당에서 바로 옆 자리에 앉게 될지도 모를 그녀. 나는 그녀를 전혀 모르고 그녀는 나를 빤히 안다는 사실이 조금 섬뜩했다. 그러나 한편 생각해 보니… 잘 안다고 생각했던 사람이 어느 날 전혀 모르는 얼굴을 내보이며 딴사람이 되는 것보다야 덜 끔찍하지 않은가 하는 생각이 들었다. 그렇게 생각하니, 그녀 말대로 결코 당당할 일은 아니지만 거뜬히 지나칠 수 있는 일이 되었다.

비록 그럴듯한 사과도 받지 못한 채 끊기는 했지만. 후후.

세상엔 참, 다양한 사람이 산다.

〈첫사랑〉을 끝내고 훌쩍 떠났었다.

친구와 서해안 고속도로를 타고 내려가서… 남해를 돌아… 거제까지 갔었다.

머리도 마음도 다 비워내고 싶은 여행이었는데도 사진을 부지런히 찍은 걸 보면 나도 미련이 많은 사람인가. 남기고 싶은 것, 간직하고 싶은 것이 꽤 있는 모양이다.

방전되어 저절로 꺼진 카메라를 억지로 켜서 잡아낸 거제의 일
몰. 급해서 빛도 거리도 맞추지 못한 채 달리는 차 안에서 찍은
사진인데… 생각보다 좋게 나와주었다.

"우리 카페는 정말 특별해. 다른 카페와 달라."

밥을 먹다 말고 뜬금없이 얘기한다. 친구가 묻는다.

"그래? 어떻게 다른데?"

"응? 그게 그러니까…… 되게 달라."

바보처럼 대답하고는 배시시 웃는 나.

가끔은 '카페 식구들 때문에라도 나는 잘살아야 돼. 흔들려도 안 되고 나쁜 짓 해도 안 돼' 라고 덧붙이기도 하고 '우리 카페에 커플이 꽤 있어. 최근에는 누가 결혼했다고 신혼 여행 사진을… 좋은 음악들도… 날마다 일기를 올리는 식구가 있는데…' 라고 신명나서 한참을 얘기할 때도 있다.

얼굴 한번 본 적 없이, 자판기 커피 한 잔 나눈 적 없이, 말도 많고 탈도 많고 사고도 많고 누명도 많고 오해도 많은 내 주변 때문에, 글 쓰는 일 빼고는 매사 어리버리한 나를 대신해 거의 무조건 나를 믿고, 팔 걷어붙이고 밤잠 설친 식구들을 실망시키지 않아야 한다는 건 이제 내 사명감이다.

서로서로 다독여 주고, 받아주고, 웃어주고, 걱정해 주는 카페 식구들 보면서 체온을 되찾고, 미소를 되찾고, 어제의 숙취를 해소하고… 그런데 오늘은 조금 싸늘한 기운. 낯이 설다. 잠시 주춤거리게 되고 선뜻 답글도 달지 못하겠다. 어쩐 일일까. 그래. 계절이 바뀐 탓인가 보다. 그래. 그게 사람 사는 거지. 조만간 다시 훈훈해지겠네. 실망한 사람, 서운한 사람, 화난 사람, 외로운 사람, 당황한 사람, 결심한 사람… 우리 모두. 며칠을 비 춥게 내리다가 오늘은 그림처럼 화창했던 것처럼.

＊

글 쓰고 닫으려는 찰나.

뜬금없이. 신열에 들뜨고 싶단 생각이 들었다.

몸이 불덩이처럼 화끈거리다가… 며칠 후 이불이 젖도록 땀을 흘리고는… 마침내 정상 체온을 되찾아… 핼쑥(이것이 중요하다!)한 얼굴로 오도카니 앉아 창밖을 내다보고 싶다.

그러면, 되게 감사할 것 같다. 건전지 바꾼 토끼 인형처럼 다시 열심히 드럼을 칠 수 있을 것 같고. 아프고 싶다.

나 죽이기 혹은 나 달래기

아파트를 벗어나 조금 걸어가면 마을버스 정류장이 있다. 워낙 타고 내리는 사람이 없어서 멀리서 버스가 나타나면 미리부터 크게 손을 흔들어야만 무사히 탈 수 있다. 잠시라도 딴짓을 했다가는 하필이면 그 순간, 버스는 어김없이 지나가고 만다. 때문에 하루의 대부분을 딴생각을 하며 보내는 나는 걸핏하면 버스를 그냥 보내고 다시 10분을 꼬박 기다리거나 그제야 큰길로 걸어나가 택시를 잡아타곤 한다.

그런데 그 버스 정류장에 벌써 한 달째 똥차가 서 있다. 흔히 오래되고 낡은 차를 가리켜 부르는 의미로서의 '똥차' 가 아니라, 초록색—다른 색은 아직 보지 못했다—몸체에 굵은 호스를 둘둘 감아 올린 진정한 의미의 '똥차' 다. 정화조의 분뇨를 푸는 차 말이다. 그 똥차가 마을버스 정류장에 떡하니 서 있는 통에 가뜩이나 놓치기 쉬운 마을버스 타기가 더 어려워졌다. 아무리 정류장 옆에 정신 똑바로 차리고 서 있어도 마을버스 운전사들이 똥차에 가려진 나를 발견하지 못하는 것이다.

'어어…!' 이따금, 떠난 버스 뒷꼭지를 망연히 보고 섰는 나를 발견한 아저씨가 그제라도 급정거를 하면 열심히 뛰어가서 '고맙습니다!' 하고 올라타는 경우는 운이 좋은 날이다. 벌써 한 달째다.

처음 똥차를 발견했을 땐 '아니, 누가 똥차를 길가에 세워뒀지? 근처에서 누가 똥 펐나?' 하며 재밌어했고 일주일 후에도 여전히 그 자리에 서 있는 똥차를 봤을 땐 '똥차도 개인 소윤가? 개인택시처럼 차 주인이 직접 몰고 출퇴근하나?' 했다. 그러다 다시 열흘 이상이 지난 어제, 똥차는 그 자리에 꼼짝 않고 여전히 위풍당당하게 서 있었다. 그리고 그 앞유리엔 빛바랜 '주차 위반' 경고장과 함께 '견인 조치하겠다'는 붉은 스티커가 철썩 붙어 있었다.

상식적인 순서상 경고장이 먼저 붙었을 것이고 다음날쯤(보통은 한 시간쯤 후) 견인 안내장을 붙였겠지. 어디어디로 차를 끌고 갔으니 돈을 갖고 찾으러 오라는 붉은 딱지 말이다. 그런데 어째서 똥차는 여전히 그 자리에 있는 것일까? 견인 안내장의 날짜를 확인하니 벌써 열흘도 전의 일이다. 잠깐 세워놓고 음료수 하나 사갖고 나온 사이에도 감쪽같이 끌고 가버리는 경우들에 비하면 정말 놀라운 일 아닌가. 왜 끌고 가지 않았을까. 그렇게 협박을 해놓고도 끌고 가지 않을까.

오며 가며 그 똥차를 볼 때마다 나는 자꾸만 웃음이 난다. 어쩐지 그 똥차가 주차 위반이니 견인이니 하는, 가당찮은 위세에 눈 하나 깜짝하지 않고 태연자약하게 버티고 서 있는 것처럼 보인다. 만에 하나, 정말 견인차가 와서 그 똥차를 끌고 간대도 해마다 한 번씩 뒤집어엎는 도로 위에 똥물을 뚝뚝 흘리며 갈 것 아닌가. 그 광경을 생각하자니 자꾸 웃음이 난다. 웃음이 나는 걸 보니… 나는 역시 견인차보다는 똥차에 가까운 소시민인 모양이다.

언제나 논쟁의 시작은, 말의 내용이 아니라 말하는 사람의 태도에서 비롯된다. 그리고 또다시 문제는, 누가 먼저였느냐다. 나는 네가 그랬기 때문인데 너는 그런 의도가 아니었다. '그랬다'와 '아니라는데'가 반복되는 피곤하고 고단한 말싸움은 정말 하고 싶지 않은데… 아아, 정말 부끄럽고 억울하고 힘이 든다.

길이 엉망이다.

폭설, 무슨 벌이라도 받는 것처럼 무섭게 눈이 퍼붓긴 했어도 어떻든 하얗게 뒤덮인 세상은 정말 눈이 부셨었는데 눈이 녹아 한결 안전해진 지금은, 더럽다. 마치 오물에라도 빠졌다 건져진 듯한 풍경을 보고 있자니 마음이 아주 어지럽다. 심란하다는 얘기.

일전에 '추악장미'라는 아이디를 봤을 때도 그랬다. 오래전, 수심이 가득한 어른의 얼굴을 하고 있는 아기를 봤을 때 느꼈던 그 서늘한 느낌. 섬뜩함.

목련도 그렇다. 창백해 보일 만큼 푸른 하늘 위로 풍아한 자태를 뽐내는 백목련도 저물 때는 얼마나 처참한가. 차라리 한때 아름다웠던 모습을 모르는 편이 좋았겠다 싶을 정도. 가슴이 다 철렁 내려앉는다.

한결같이 아름답긴 힘든 걸까… 새삼스레 당연한 궁금증을 갖는 걸
까…

아아, 이런… 길이 질척거리나, 내 걸음이 질척거리나… 자꾸만 넘어
질 것 같네.

내 사고방식, 인생관이나 가치관에 가장 크게 영향을 미친 것은 헤르만헤세의 〈데미안〉이다.

〈데미안〉을 해마다 한 번씩, 7년 동안 일곱 번을 읽으면서, 나는 적어도 일곱 가지는 배우고, 느끼고, 생각했었다. 그러나 어쩜 그것은 결국 한 가지일지도 모른다. 세상의 상반되는 모든 것들은 반드시 공.존.한다는 것. 빛과 어둠, 선과 악, 삶과 죽음, 전쟁과 평화, 창조와 진화, 파괴와 탄생, 카인과 아벨… and so on… 그것들은 모두 그야말로 동전의 앞뒷면처럼 붙어 있어서 결코 따로 떼어 분류할 수가 없다. 나눌 수 없는 것, 멀리할 수 없는 것, 무시할 수 없는 것. 서로 그런 채로 평생을 산다.

흔히들 그런 것을 가리켜 '극과 극은 서로 통한다' 고 말하기도 하지만 '너무 착해서 악하다'든가 '신을 거부했더니 신을 만났다'든가 하는 것은 아닌 것 같고, 내겐, 둘이 서로 등을 맞대고 어깨로 상대를 밀며 버티고 서 있는 것처럼 보인다. 각각 반대 방향을 보며 앞으로 나가려고 하지만, 상대를 눌러보려는 마음에 섣불리 힘을 키웠다가는 낭패다. 내 힘이 커지는 순간, 힘의 평형이 깨지는 순간, 상대가 주저앉는 순간, 나도 함께 무너지니까 말이다.

결국 둘은 한 치의 오차도 없이 '힘의 평형'을 유지하며 평생 반대 방향을 보며 서 있을 수밖에. 마치 '사람 인' 자처럼(두 사람이 등을 맞대고 서 있는 모습을 형상화했다는 '人'. 그래서 상형 문자라지만 사람은 서로서로 돕지 않으면 살아갈 수 없다는 뜻이니 회의 문자라고 해야 옳을 것 같다).

결국 내가 행복하면 할수록 그만큼 불행도 커진다는 얘기, 힘든 일이 생기면 생길수록 그만큼 그걸 견딜 수 있는 내 힘도 따라서 커진다는 얘기다(게임을 할 때도 그렇지 않나. 경험치와 체력이 강해져서 레벨이 높아지면 높아질수록, 게임의 난이도 역시 함께 높아진다. 다음엔 대체 무엇이 튀어나올지 지레 겁이 난다. 하지만 그렇다고 아예 힘을 키우지 않고 계속 1단계에서만 꼼지락거리고 있나? 더 힘들 줄을 빤히 알면서도 자꾸자꾸만 싸워서 힘을 키우지 않나). 그러니 내가, 일이 허리에 허리를 물고 끝도 없이 계속되는 친구에게 '네가 능력이 많으니까 일도 많은 거야'라고 말하는 건 '진심'인 동시에 '사실'이다.

아픈 일이 자꾸만 생기나? 힘든 일이 자꾸만 생기나? 그렇다면, 상처를 치유할 수 있는 힘, 힘든 일을 극복할 수 있는 힘이 자꾸만 커지고 있다는 증거. 지지 말자. 나를 짓누르는 녀석과 등을 단단히 맞대고, 어깨에 힘을 꽉, 주자. 그리고 나만큼 힘을 키우고 버텨주고 있는 녀석에게 고마워하자. 적어도 천적이 없어서 나는 법을 잊어버린 새 아닌 새, 타조처럼 되지는 않게 해주었으니.

I can do it.
You can do it!!

일전에 일본에 갔을 때, 나는 거의 5분에 한 번씩 옆을 돌아봤었다. 엄마가 한 걸음이라도 처진다 싶으면 순간 뒤를 돌아보며 두리번거렸다. 말도 안 통하는—뭐 그거야 나도 마찬가지지만—타지 한복판에서, 길눈도 어두운—뭐 그것 역시 마찬가지지만—엄마를 행여라도 잃을까 봐 걱정됐기 때문이다.

하루를 그러고 나니까 다음날부턴 거의 습관이 돼서, 걷든지 먹든지 줄을 서든지 차를 타든지 내리든지… 좌우지간 연방 뒤를 돌아보거나 팔을 뻗어 엄마의 존재를 확인하거나… 그랬다. 또 무엇을 먹거나 타거나 기다릴 때마다 엄마의 의중을 묻느라 일정 내내 나는 같은 말을 수백 번 반복했다. 하지만 내 걱정과는 달리 머잖아 예순이 되실 엄마는 아주 씩씩하게, 뒤로 처지지 않고 우리와 모든 일정을 순조롭게 맞춰주셨다.

사흘째 되는 날엔 동행했던 30대 초반의 남자 프로듀서가 되레 체력이 딸려 '오늘 오후는 조금 쉬자' 면서 엄마에게 체력 정말 좋으시다고, 자신이 부끄럽다고 할 정도로.

그런데 엄마와 한 침대를 쓰면서, 뜻밖에도 엄마가 코골이를 심하게 하신다는 걸 알게 됐다. 집에서 이따금 가볍게 코골이를 하시는 건 봤지만 그렇게 심하게 코를 고시기도 한다는 건 내 30년 평생 처음 알았다. 엄마는…… 사실 너무나 힘드셨던 거다.

체력이 좋아서가 아니라, 내가 하도 연방 돌아보고 둘러보고 챙기고 걱정하니까, 행여나 엄마 챙기느라 내 일 제대로 못할까 봐, 내게 방해되지 않으려고 필사적으로 기운을 내셨던 거다. 내가 돌아보는 순간 내 뒤에 있고 내가 손을 뻗었을 때 그 사정거리 안에 있기 위해서 밤이면 곯아떨어질 지경이 될 때까지 당신의 모든 신경과 체력을 발휘하셨던 거다.

게다가, 일정 중 어느 아침엔 내가 놀려줄 요량으로 '엄마 코 골아서 나 한숨도 못 잤다' 했더니 그날 밤부턴 밤에 잠조차 제대로 못 주무셨던 모양이다. 당신 코 고는 소리에 깜짝깜짝 놀라 깨면서… 행여나 내가 깨지는 않았나 살피면서… 밤을 지새셨던 모양이다.

결국… 내 친절이… 나의 과잉 친절이… 엄마를 도리어 더 고단하게 만들었다는 생각에 죄책감이 들었다.

무엇이든 지나치면 모자란 것이나 다름이 없다. 상대를 배려한다는 것이 되레 상대를 불편하게 만든다면 그것은 배려라고 할 수 없을 것이다. 엄마에 비하면 나는… 아직 멀었다.

*

　뒷얘기:하지만 우리 모녀지간이 또 그리 만만치가 않은 것인지라, 그런 상대 마음 훤히 다 알면서도, 고맙고 뭉클하고 미안하면서도, 그런 속내는 그야말로 속에만 꽁꽁 숨겨놓고 앞에서는 별나다… 못됐다… 그렇게 서로의 마음에 생채기를 낸다… 우리 모녀가 그렇다.

예전에, KBS의 〈현장르뽀 제3지대〉에서 '사상 최대의 연합 오디션'이 1시간 동안 방송됐는데—그 촬영 팀이 거의 한 달 꼬박 좇아다니며 열심히 취재해 갔고 우리 영화에도 지대한 애정과 관심을 보이며 자주자주 들러서 귀찮게 했었다—나는 이런저런 얘깃거리와 그림을 만들어 부지런히 연락했었으면서 정작 방송은 보지 못했다.

그런데 그 프로그램이 생각보다 꽤 인긴지, 봤다는 친구들의 연락이 많이 왔다. 그 프로를 보고 내게 연락을 한 건 방송 중간중간에 내 모습이 얼핏 등장했기 때문인데, 재밌는 것은 그들이 기억하는 내 모습이 저마다 다르다는 것이다.

어떤 친구는 내가 아이스크림을 먹고 있는 모습이 나왔다고 하고, 또 어떤 친구는 내가 치킨을 먹고 있었다고 하고, 또 다른 친구는 내가 햄버거를 먹고 있었단다.

음… 대체 그때 나는 무얼 먹고 있었던 걸까? 새삼스레 곰곰이 기억을 더듬어보았더니, 그때 나는 KFC에서 파는 핫윙 한 조각과 콘샐러드 한 컵을 먹었었다. 그러니 작은 용기를 들고 스푼으로 뭔가 떠먹는 모습은 아이스크림을 먹는 모습처럼 보였던 모양이고, 핫윙은 말 그대로 치킨이니 제대로 본 것인데, 문제는 햄버거다. 나는 그날 햄버거는 먹지 않았었다. 다만, 내 옆의 김기덕 감독과 김대승 감독이 햄버거를 먹고 있었다.

재밌다. 순간적으로 인지되고 기억에 남은 영상이 그렇게 다들 제각각이라니, 정말 재밌다.

각자의 기억력을 자신하며 바득바득 주장하는 것이 얼마나 경솔할 수 있는지 생각한다. 같은 일에도 저마다 기억하는 모습이 다르고, 받아들이는 방향도 전혀 다르고, 그래서 갖게 되는 생각도 다르고… 그러나 각자의 기억만을 고집하면서 결국은 상대를 기막혀하는 경우가 얼마나 많은가. 바로 이 점을 짚어 만든 영화가 홍상수 감독의 최근작 '오! 수정'인 것이다.

음… 거울에 비친 내 모습을 보는 것만큼이나, 내 기억력도 믿을 것이 못되는 것 같다.

싫으면 싫어하면 된다. 그뿐이다.

행여라도 내가 싫어하는 줄 모를까 봐 굳이 손에 쥐어주고, 빨간 펜으로 밑줄까지 긋는 것은 못되어먹은 성질, 어리석은 짓, 처세에 능치 못한 일이지.

그래서 엄마는 종종 내게, '헛똑똑' 이라고 걱정이 끌끌이다. 똑똑한 척은 혼자 다 하면서 정작은 남 좋은 일만 한다고, 제 밥그릇 못 찾아 먹는다고, 좀 약아지라고.

하지만 그것은 철저히 유전 인자에서 비롯됐음을 당신도 아시겠지. 정치를 잘 못하는 것은 엄마, 아버지가 나보다 한 수 위시니까. 처세와는 거리가 먼 분들. 쯧쯧.

그렇지만 싫은 사람과 하루 종일 한 공간에 들어앉아서, 목소리를 듣

고, 뒤통수를 보고, 그가 내뿜는 담배연기를 들이마셔야 한다는 것은
정말 고역이다. 가능하면 별도의 산소통이라도 메고 다니고 싶을 정도.
못났다. 못됐다. 편협하고 유별난 나를 반성하자. 날 좀… 죽이자.

간만에 다이어리를 펼쳐 보니 근 두 달 분량이 텅! 텅! 텅! 얼핏 생각나는 일들만 해도 파란만장한 사건들이 여럿 있었는데, 어쩜 한 자도 기록하지 않았을까. 그러면서도 홈피 게시판은 꾸준히, 때로는 하루에도 몇 번씩 업데이트하는 건, 방문자를 실망시키고 싶지 않은, 헛걸음하게 하고 싶지 않은, 갸륵한 심성에서 발동한 부지런함이다.

누군가 나를 지켜보고 있다는 건, 기대하고 있다는 건, 때때로 부담스럽긴 하지만, 그래도 그 부담감 때문에라도 열심히 살게 해준다. 서로 기대하고, 북돋워 주고, 잘 보이고 싶고… 그렇게 고무적인 관계. 내가 생각하는 이상적인 관계다.

〈에움길〉

에둘러 돌아가는 길.

엔길, 돌길, 돌림길, 두름길이라고도 함.

〈뒤안길〉

뒷골목의 길. 이면도로.

햇볕을 못 보는 초라하고 음침한 생활을 뜻하기도 하며 비슷할 말로는 좁은 골목길을 가리키는 '고샅', '속길' 등이 있다. 종로의 피맛골이 바로 이 '속길'에 해당하는데 맛있고 싼 집이 많이 몰려 있다.

옛날 왕의 행차 때, 길에 엎드려 절하는 게 싫어서 뒷골목으로 숨어 돌아가던 백성들 때문에 형성된 길이라고 알고 있는데… 다른 설이 있다면 알려주시길.

〈길머리〉

큰길에서 좁은 길로 들어가는 어귀. 길나들이와 같은 말.

어떤 큰길에서 무슨 좁은 길로 들어가느냐에 따라 다시 또 나뉜다.

1.오래

거리에서 대문으로 통하는 좁은 길.

2.어름, 어귀

집들이 막고 있는 골목 안의 집으로 들어가는 길.

〈길가〉

길의 가장자리. 길섶, 길녘과 같은 말.

〈논틀길〉

꼬불꼬불한 논두렁 위로 난 길

〈푸서릿길〉

거칠고 잡풀이 무성한 땅에 난 길

〈오솔길〉

너비가 좁은 호젓한 길. 오솔한 길.

'오솔하다' 는 것은 '둘레가 괴괴하여 무서우리만큼 호젓하다' 는 뜻이라니까 '오솔길' 이란 것이 우리가 생각하듯 낭만적인 길은 아닌 모양이다.

앞으로 책을 읽을 때 '숲 속에 난 오솔길로…' 란 구절이 나오면, 예전의 그 따뜻하고 평화로운 풍경이 아니라 괴괴하고 흉흉한 풍경을 떠올려야 할 듯.

여기서 한 걸음 더 나가 '무서우리만큼 호젓하고 깊숙하다' 하는 것은 '후미지다' 라는 단어의 뜻이니까, 〈후밋길〉과 〈오솔길〉은 비슷한 말인 셈. 오솔길과 후밋길이 비슷한 길이라니… 단, 후미는 물가나 산길이 휘어서 굽은 곳에만 국한된다.

〈자드락길〉

낮은 산의 밋밋하게 비탈진 기슭에 난 길.

〈돌서덜길〉

돌이 많이 깔린 길. '돌서더릿길' 과 같은 말.

만약 돌보다 바위가 더 많다면 '돌사닥다리' 라고 구분해 부르며 돌이나 바위가 비탈에 특히 많다면 '돌너덜길' 이라고 한 번 더 구분하여 부른다.

참고로 비탈길의 올라가는 쪽은 '치받이', ' 올리받이' 라고 하고 내려가는 쪽은 '내리받이' 라고 한다.

〈자욱길〉

인적이 드물어 나무꾼이나 겨우 다니는 길, 길의 흔적조차 희미한 길을 부르는 말.

〈벼룻길〉

벼루가 많이 버려져 있는 길.
…이 아니고… 강가나 바닷가의 벼랑 위에 난, 몹시 험한 길.

〈지돌이〉, 〈안돌이〉

바위에 등을 대고 겨우 돌아갈 수 있는 험한 산길은 지고 돈다고 해서 '지돌이, 반대로 바위를 안아야만 겨우 돌아갈 수 있는 산길은 안고 돈다고 해서 '안돌이' 라고 나누어 부른다. 보너스로 하나 더 얘기하자면 '안돌이' 처럼 산이나 바위를 안고 돌아가는 굽이는 '도랫굽이' 라고 한다.

〈이슬받이〉

길 양쪽에 이슬이 맺힌 풀이 우거져 있는 좁은 길. 당연히 새벽에만 부를 수 있는 이름이니까 잘난 척하려면 새벽에 숲에서 누굴 만나야 한다.

〈숫눈길〉

숫처녀, 숫총각과 마찬가지로 '눈길' 이란 단어 앞에 접두어 '숫' 이 붙었으니까 대충 짐작이 가실 듯.

밤새 눈이 쌓여 아직 아무도 밟지 않은 눈길.

노파심에 덧붙이자면 '숫'이란 접두어는, 다른 것이 섞이거나 더럽혀지지 않은, 원래 생긴 대로라는 뜻이다.

길 하나를, 그 모양이나 분위기나 장소에 따라 이렇듯 세심하게 구분해 명명한 걸 보면 옛날 사람들, 정말 EQ가 높았던 것 같다. 그런데 그 많고 많은 길 중에 나의 길은 어디일까. 인생의 길에는 그 흔한 이정표 하나 없으니 지금 내가 제대로 가고 있는 건지, 목적지가 앞으로 얼마나 남은 건지, 도통 알 수가 없다. 어린아이들은 낯선 길에 들어서면 되돌아갈 줄을 모른다는데, 그래서 길을 잘 잃는 거라는데, 어린아이가 아니더라도 어차피 인생의 길은 돌아갈 수 없는 것 아닌가.

저녁 먹으러 나갔다가 날이 얼마나 추워졌는지 깜짝 놀랐다. 어젠 또 갑자기 날이 푹해서 오늘 다들 가벼운 차림으로 나왔을 텐데. 벌써 내 주변에도 감기 환자가 여럿 있다.

뜨거운 부대찌개를 후후 불어가며 먹고 나와서는 아이, 추워— 하며 어깨를 동그랗게 말고 종종걸음을 치자니 재밌다. 사람들도 다들 어깨를 웅숭거린 채 급하게 오가고 오뎅 꼬치를 파는 포장마차 앞에는 사람들이 빼곡하다. 그리고 그 한 켠에는 조막만한 귤이 수북이 쌓인 손수레.

나는 당장, 어디든 2층쯤에 올라가 창으로 내려다보고 싶었다(우리 사무실엔 창이 없다). 따뜻한 건물의 2층 창가에 서서 차가운 유리에 가만히 이마를 대고 내려다보면, 적당하게 경직된 11월의 거리는 얼마나 평화로운지—! 게다가 차갑고 선명하게 느껴지는 그 겨울의 창이라니—! 그뿐인가. 밤이며 고구마도 구워서 팔기 시작하고 상대적으로 살갑게 느껴지는 체온과 터틀넥 스웨터의 그 폭신함. 아아— 겨울은 얼마나 따뜻한가!

딱— 딱—

문득, 쇠막대 꺾어지는 소리를 내며 히터가 들어오기 시작하던 여고 시절의 겨울 아침이 생각난다. 아이들 대부분은 그 소리가 거슬려서 수업에 집중할 수가 없다고 짜증을 냈었지만, 나는 한겨울, 1교시를 시작할 때쯤 들려오던 그 소리가 싫지 않았다. 딱— 딱— 눈치 볼 것 없이 씩씩하게 스며 들어오는, 그 보이지 않는 온기. 이제 곧 교실 안에 훈훈한 기운이 돌겠네— 싶어서, 좋았다. 마음이 한결 녹녹해졌었다.

11월이다. 내가 사랑해 마지않는 11월. 누구든 옆에 앉혀두고 싶은, 무엇이든 조금 더 넉넉하게 준비해 두고 싶은 초.겨.울. 아아— 겨울은 얼마나 매력적인가!

오늘 새벽엔, 깔깔거리다 내 웃음소리에 깨었다. 아주아주 긴 꿈이 었고, 정말 많은 출연자들… 대하 드라마였다. 얘기가 대체 어떻게 돌 아갈 것인가, 꿈꾸는 건 나지만 가장 속수무책인 사람 또한 나니까, 그 저 열심히 꿈만 꾸고 있었는데, 결국 끝은 코미디였다. 큰 소리로 깔깔 거리며 웃다 깨었다. 하하하.

요즘은 계속, 아주 황당한 꿈을 꾼다. 일어나서 '내 정신 상태 괜찮 은 건가?' 싶을 정도로(예전엔 작은 아이만한 다람쥐 한 마리가 방 안으 로 뛰어들어 와서 사람처럼 두 발로 뛰어다니는 꿈도 꿨다. 잡으려고 쫓 아가니까 후다닥 나가더니 현관에 앉아서 내 부츠를 신고 달아나는 것이 다!).

꿈이란 게 정말 재밌다. 신기하다. 나도 잘 모르겠던 내 맘을 보여주기도 하고(꿈에서야 비로소 내 맘을 확인하고 그제야 얼굴이 확 달아오르는 일도 있지 않나) 며칠 후 일어날 일을 예견해 주기도 하고(둘째 고모부와 옆집 할아버지가 돌아가시던 것도, 막내할머니가 교통사고를 당하실 것도, 모두 미리 꿈으로 꾸었었다) 가끔은 궁금했던 타인의 마음까지 들여다보게 해준다(물론 그것도 결국은 내 생각과 해석이 개입된 것이겠지만).

문제는 악몽인데…….

어릴 때는 엄마 말씀대로 키가 크려고 그랬는지 눈이 새빨간 도깨비에게 쫓기는 꿈을 자주 꿨었는데 요즘은 사람에게 쫓기는 꿈을 많이 꾼다. 아주 악랄하게 쫓아온다. 아슬아슬… 위기일발… 도망 가다가다 지치면, 꿈 속에서 내가 나에게 말한다.

"이건 꿈이야. 괜찮아. 깨면 돼. 일어나, 고은님……!"

그렇게 몇 번 나 자신을 추스리다 보면 정말 잠이 깨게 되는데, 마치 마라톤이라도 하고 난 것처럼 온몸이 쑤신다. 참담한 기분은 말할 것도 없다. 깨어난 때가 아침이면 무거운 몸으로라도 일어나면 되겠지만 조금 전에야 겨우 잠들었을 경우엔 조금 난감하다. 그럴 땐…….

돌.아.눕.는.다.

이쪽에서 저쪽으로 가만히 방향을 바꾸어 돌아눕는 것만으로도 한결 쉽게 다시 잠들 수가 있다. 신기한 일이다. 악몽과 편안한 잠 사이는 '돌아눕는 것', 딱 그 정도의 거리일 뿐인 것이다.

현실도 많이 다르지 않은 것 같다. 세상이 무너진 듯 마음이 아프다가도, 마음을 딱 한 번만 뒤집으면 거짓말처럼 해결되기도 하는 것이다.

 내 안의 미친년 하나 불러내 비 맞으러 나갔다

‘어떡하지… 어떡하지…’ 그러다 어느 순간 ‘에이, 그게 뭐. 아무것도 아니네’ 하면, 정말 아무것도 아닌 것이 되어버린다.

그래, 별일 아니다. 이만하면 괜찮다. 견딜 만하다. 혼잣말을 중얼거리며 돌아누우면 된다.

“에이, 그게 뭐. 아무것도 아니네……..”

최근에 누군가 '어떤 사람을 좋아하느냐' 고 묻길래 'I.Q와 E.Q. 모두 높은 사람이오' 하고 대답했다. 그러자 그가 너무 추상적이라면서 좀 더 구체적으로 말해 달라고 했다. 잠시 생각해 본 뒤 다시 대답했다.

"과학적인 사람이오."

과학적인 사람이오? 과학자요? 하고 그가 아까보다 더 갈피를 못 잡겠다는 얼굴로 되물었다. 아아니오, 과학자가 아니라 과학적인 사람. '어떤' 사람을 좋아하느냐고 물으셨잖아요.

앞으로 정정하게 될지도 모르지만, 나는 '수학은 발견이고 과학은 발명' 이라고 생각한다.

수학에서의 '증명'은 '가설'이 일단 명제로 받아들여지고 나면 한 세기가 바뀌어도 달라지지 않는다. 그야말로 불변의 진리인 셈이다. 하지만 과학에서의 증명은 오늘의 진실이 당장 내일이면 넌센스가 될 가능성을 각오해야만 한다. 바로 그 점 때문에 과학보다 수학이 우수하다고 주장하는 수학자도 있지만 나는 바로 그 점 때문에 수학보다 과학이 더 매력적인 학문이라고 생각한다. 과학은 '왜 그럴까?' 하는, 얼토당토 않은 호기심(받아들여지기 전까지의 호기심은 모두 엉뚱한 것, 황당한 것, 말도 안 되는 것으로 여겨지지 않나)에서 시작된다. 그리고 여기에 '그렇기 때문이 아닐까?', '그럴 수도 있지 않을까?' 하는 상상력이 살을 붙이고 그 후엔 그야말로 인고의 탐구와 증명 작업이 이어지는 것이다. 왕성한 지적 호기심과 예사롭지 않은 관찰력, 사물에 대한 애정. 그러나 여기서 그친다면 반쪽짜리. 50점이다. 상상을 그저 상상만으로 놔두지 않고 합당하고 논리적인 연구로 뒷받침하여 이론적인 현실로 끌어내리는, 아울러 30년을 바친 결과물이 단 3분 만에 우스개로 뒤집어져도 침통해하거나 분노하지 않고 한 걸음 더 진화된 연구에 되레 박수를 보낼 수 있는, 그런 사람이 바로 내가 생각하는 '과학적인 사람'이다.

나는 과학적인 사람이 좋다. 과학적인 사람이고 싶다.

누군가 '나 아파…' 할 때

'어디가 아파?' 내지는 '얼마나 아파?' 해야 따뜻하다.

'왜 아파?' 는 나쁘다.

그보다 더 심한 건 '너만 아파? 나도 아파!'

그리고 정말 치명적인 건,

"아파도 싸!"

서로 아프다고 아우성이었다. 내가 더 아프다고. 넌 명함도 내밀지 말라고. 그러다 결국은, 싸우다 얻은 새 상처까지 끌어안고서 각자 등을 돌리고 웅크려 앉는다. 아픈 것으로도 부족해 외로워지기까지 한 것이다. 참… 어리석은 일이다.

시소(Seesaw)의 관계가 바람직하지 않나… 문득 그런 생각이 들었다(적절한 비유인지는 자신없다. 지금 나는 제정신이 아니다). 내가 아플 때 상대는 건강해서 보살펴 줄 수 있고, 또 상대가 지쳤을 때 나는 원기 왕성해서 에너지를 나누어 줄 수 있는. 같이 꿈꾸고 같이 병드는 것은 일견 이심전심, 동병상련이라도 되는 것 같지만, 사실은 기쁨을 나누어 반으로 만들고 고통을 나누어 두 배로 만드는 격이란 생각이, 정말 문득 들었다.

나는, 표현하지 않으면 모른다, 주의다. 눈에 보이고, 손에 잡히는 것만 믿어, 라고 극단적으로 얘기하기도 한다. 눈에 보이지 않는 감정은, 표현하지 않으면 모른다. 슬픈지 기쁜지 아픈지 사랑하는지… 표현하지도 않고서 헤아려 알아주길 바라고, 몰라준다고 서운해하는 건 어리석은 짓이다.

그리고 그런 마음을 가장 쉽게 표현하는 길은, 역시 선.물.이다. 그래서 나는 선물에 약하다. '소나기'에서 소년이 소녀에게 선물하기 위해 굵은 대추알을 한 줌 따느라 치도곤이 나는 것을 보면, 금으로 빚은 대추라도 그 대추를 대신할 수는 없을 것이다.

그러나… 선물… 의 올바른 정의가 필요하다.

오늘 아침 대문 밖에 나가보니 어릴 때 감동적으로 봤던, 지금도 잊혀지지 않는 영화 '신상' 비디오테이프가 배달돼 있었다. 맞다. 일전에 어떤 분이 슬픈 영화를 추천해 달라고 했을 때 기억을 더듬어 언급했던 바로 그 영화다. 그 영화를 꼭 한 번 다시 보고 싶었고 평소 몇 마디 나누지도 않았던 사람이 갑자기 와락 가깝게 느껴지기도 했었다. 그런데 오늘 그 비디오테이프가 익명으로 배달되어 온 것이다(배달도 아니다. 소인이 찍힌 우표까지 오려 붙여 배달인 척 가장하여 대문 앞에 놓여져 있었다. 그 광경을 상상만 해도 소름이 끼친다).

누군지 알겠다. 나쁘게 말하고 싶지 않지만… 벌써 1년 가까이 나를 힘들게 하는 그 주인공인 것이다. 요즘엔 내 주변 사람들의 연락처까지 수소문해 어이없게 만든다고 한다. 그런 사람을 보통 '스토커' 라고 부르나?

구하기 힘든 테이프를 어렵사리 수소문한 끝에 밤이슬을 밟으며 문간에 가져다 놓았으니 내가 감동할 줄 알까.

물론, 나를 아끼는 누군가가 그렇게 애써 구하여 내게 선물했다면, 행여 그것이 비디오테이프의 빈 껍질만이었더라도 나는 뛸 듯이 기뻤을 것이다(하지만 그 사람이기 때문에. 이제 나는, 그 영화가 꼴도 보기 싫어졌다).

선물은, 그것이 무엇이냐가 아니라 누구에게서, 어떻게 받느냐가 기쁨의 척도인 것 같다. 받는 사람의 마음 따위는 아랑곳 않는, 그저 선물하는 즐거움만을 만끽하는 그 이기심에 돌을 던지고 싶다. 결국 훌륭한 영화로 자리매김되어 있었던 내 기억마저 엉망으로 만들어놓은 것이다.

그래, 좋으냐고 묻고 싶다.

이쪽 일 하는 사람들은 일어를 곧잘 섞어 쓴다. 그리고 그것들은 마치 전문 용어인 양 통용된다. '삼마이' 니 '간지', '다찌마와리' 같은 말들은 이쪽 일과 전혀 관계없는 사람들도 익히 알고, 쓰고 하는 것들. 요즘은 새로이 '가오' 라는 말을 많이 한다.

"이거야 가오가 안 서서."

"에이, 가오가 있지."

가오. 일본말로 '얼굴' 이란 뜻. 자존심, 체면, 스타일… 말하는 사람이나 듣는 사람이나 그때그때 상황에 따라 대충 그런 단어들로 대체해서 두리뭉실 이해하고 넘어간다. 심각한 경우는 거의 없다. 마치 유행어처럼 아무 때고 사용하면서 하하호호 웃을 뿐이다. 나도 같이 어울려 웃지만, 재밌지만, 개인적으로는 농담이라도 그닥 하고 싶은 말은 아니다.

학창 시절, 툭하면 '아이, 자존심 상해!', '아이, 쪽팔려!' 하며 세상이 무너진 듯 괴로워하는 친구가 해마다 꼭 한 명씩은 있었다. 초등학교 때는 교과서를 읽는데 남학생들이 키득거렸다고 그대로 와르르 주저앉아 책상에 얼굴을 묻고 엉엉 운 친구도 있었고 중학교 때는 반 전체가 기합을 받았는데 유독 혼자 자존심이 상해 점심밥도 굶어가며 우울해하는 친구도 있었다. 대학에 가서는, 세미나 시간 내내 '괴롭다⋯ 죽고 싶다⋯' 며 신문에 매직으로 낙서를 하는 친구 때문에 세미나가 결국 흐지부지 술자리로 이어져 버린 경우도 있었다. 그때마다, 못된 나는 그렇게 생각했었다.

'널 자존심 상하게 하기는 참 쉽구나⋯', '네 괴로움이란 참 작구나⋯'.

자존심이 상하는 정도는, 물이 100도에서 끓는 것처럼 절대적인 것은 아닐 것이다. 사람마다 제각각 다를 것이다. 저마다의 자존심의 높이에 따라. 어쩌면 '자존심 상하게 한다' 거나 '무시한다' 는 말 자체가 틀린 것일지도 모른다는 생각을 한다. 다만 스스로 '자존심 상하고' '무시당하는' 것일지도 모른다는.

쉽게 자존심 상하지 않기, 쉽게 기죽지 않기, 쉽게 상처 입지 않기⋯⋯.

진정 가오를 세운다는 것은 어쩌면 가오를 내세우지 않는 것일지도 모른다.

독특한 포트폴리오를 만들기 위해 한 달 이상 무당들과 생활하며 사진을 찍었다는 어느 사진 작가를 만났다. 얼마나 이색적인 경험인가! 나는 일견 부럽기도 한 마음에 감탄하며, 눈을 빛내며, 그의 이야기를 경청했다.

하루는 '신내림 굿' 을 찍었는데 평소에는 정말 큰소리 한 번 내는 법 없이 조신하고 얌전하기만 하던 어느 아낙이 신기가 들려 결국 무당이 되는 내림굿을 받게 되었다고 한다. '신이 내리기' 직전까지도 수줍게 얼굴을 붉히며 섰던 그 아낙은 마침내 신이 내리자… 자신보다 더 큰 돼지의 멱을 단숨에 따더니 그 입속으로 팔을 쑥 집어넣어 내장을 꺼내 날로 씹어 먹고… 작두를 타고… 짐승처럼 울부짖고… 딴사람이 되었단다.

그러나 내 생각엔 딴사람이 된 것은 무당이 된 그녀뿐이 아니었다. 내게 그 얘기를 해준 사진 작가도 평소에는 무서운 얘기는 아예 듣지도 못할 만큼 겁이 많은 사람인데, 광기를 내뿜는 그 아낙의 코 앞에 카메라를 들이대고 미친듯이 셔터를 눌렀다는 것은 그 기자 역시 딴사람이 되었다는 얘기다. 그렇지 않으냐고 물었더니 '하긴……. 아마 카메라가 없었으면 그러지 못했을거야…' 란다.

딴사람이 되는 건 정말 순간이다. 어느 순간, 정말 스스로도 몰랐던 자신이 불쑥 튀어나와 상대방보다 자신이 더 놀랄 때가 있지 않나. 흔하게는 술자리에서 그런 모습을 많이 보게 된다. 평소에는 늘 생글생글 웃고 깍듯이 예의를 차리는 어느 여자 작가도 술만 마셨다 하면 돌변하여 나이 고하를 막론하고 걸쭉한 욕을 내뱉는다.

"이 새꺄, 너 진짜 맘에 안 들어!"

다음날이면 어김없이 얼굴을 못 들고 다신 그러지 않겠노라 연방 사과를 하지만 '취중진담이라는데 어느 정도는 진심이 아니겠느냐' 며 사람들은 이제 평소 그녀의 친절과 상냥함을 순수하게 받아들이지 못한다. 정말 그녀는 어떤 사람일까. 술에 취하지도 않고, 애써 감추지도 않은, 진.짜.그.녀.는 대체 어떤 사람일까 궁금하다.

술만 마시면 어디론가 없어지는 사람도 있고, 화가 나면 일단 큰소리 한 번 욱 지르고 나서 그 다음부터는 소 죽은 귀신처럼 입을 꾹 다물고 있는 사람도 있고, 긴장하면 딸꾹질하는 사람도 있고, 억울하면 눈물부터 뚝뚝 떨구는 사람도 있고, 위기의 순간이 되면 도무지 앞뒤가 맞지 않는데도 되는대로 거짓말을 해대는 사람도 있고… 있다. 많다. 어느 순간이 되면 전혀 딴사람이 되는 사람들. 그들이 숨기고 있는 그들의 모습은 대체 무얼까.

내림굿하는 사진을 찍고 나서 자신도 귀신이 들까 겁을 잔뜩 먹은 그 사진 작가에게 신내림굿을 해준 선배 무당이 그런 얘기를 하더란다.

"아무에게나 귀신이 드는지 알어? 자아가 약해야 잡귀가 드는 거야. 잡귀들은 항상 '몸'이 필요하거든. 그런데 기가 강한 사람 몸엔 들어갈 수가 없어. 그래서 평소 심신이 허약한 사람이 쉽게 귀신에 들리는 거야. 당신은 기가 강하니까 무당 될 염려는 안 해도 되겠어."

귀신이건 취기건 혹은 감기 바이러스건, 나를 노리는 모든 것은 틈을 노린다. 헛점. 정신을 바짝 차리고 술을 마시는 것은 조금 재미없는 일이지만, 흔들리지 않는 이성으로 화를 내는 것은 많이 힘든 일이지만, 부족한 것이 많은 나는 헛점을 보이고 싶지 않다. 그래서 오늘도 나는 '술을 잘 마신다'는 말을 듣는다.

초등학교 모임이 있었다. 이젠 거의 모든 녀석들이 애엄마, 애아빠가 되어서 줄줄이 제 아이를 데리고 나타났다. 그런 식의 멤버 구성이 어쩐지 나를 좀 왕따처럼 만들기는 했지만 덕분에 모임 분위기는 아주 건강했다(소란스러웠다고 할 수도 있지만… '소란함' 과 '활기' 의 구분은 한끗 차이인 것 같다).

그런데 그중 한 녀석이 목마 태워주는 걸 그렇게 좋아하였다. 까무러칠 듯 소리를 지르며 연방 엉덩이를 들썩거린다. 나는 그 아이가 목마를 그렇게 좋아하는 이유가 제 아빠의 어깨에 올라타서인 줄만 알았다. 그런데 가만 보니 그게 아니었다. 갑자기 시야가 넓어진 때문이었던 것이다. 그래. 그러고 보니 정말 그렇겠다 싶었다. 이제 겨우 신장 60㎝쯤 되는 그 녀석이 매일 보는 게 대체 무어겠나. 화장대 다리, 장롱 서

랍, 꼬질꼬질한 벽지의 하단부, 털이 부숭부숭한 아빠의 정강이…….
그러다 갑자기 눈 높이가 껑충 높아지면서 아빠의 정수리가 보이고, 창
밖이 보이고, 지나는 어른들의 뒤통수와 신호등과 빌딩과 하늘이 보일
테니, 그 감격이 오죽할까! 처음 태어나서는 줄곧 천장만 보고 누워 있
었으니 그땐 아마 '세상은 네모나고 재미없는 것'이라고 생각했을지도
모르겠다. 만약 정말 그렇다면 아가들이 안아달라고, 업어달라고 팔을
뻗는 이유가 단지 어리광을 부리기 위해서만은 아닐지도 모를 일. 더.
넓.은.세.상.을.보.고.싶.어.서!

돌아오는 길, 요즘 내게 보이는 것은 무언가 생각해 봤다. 늘 내게 종
주먹을 들이대는 원고 마감일, 통장의 잔고, 책이나 스니커즈, 음반, 화
장품 등속의 몇 가지 트렌드, 소소한 의견 충돌……. 그런 것들에 코를
박고는 허우적허우적. 부끄럽다. 누가 나를 좀 목마 태워주시오.

눈 높이를 높여야겠다. 60㎝에서 2m까지는 아니더라도, 단 1㎝만
시선을 높여도 그 안에 들어오는 시야는 얼마나 넓고 클 것인가.

 내 안의 미친년 하나 불러내 비 맞으러 나갔다

아마추어 영화학도들의 단편들을 모아 상영하는 자리에 초대받아 갔었다. 나를 초대해 준 사람 말로는 참가자 중에서도 자신이 가르치는 학생이 단연 돋보인다며 천재라고 입에 침이 마르도록 칭찬했었기 때문에 더욱 기대를 갖고 참석했다. 영화는…….

영화 상영이 끝난 뒤 관객과의 대화 시간이 있었다. 어느 관객이 쌀쌀맞게 물었다.

"영화가 관객을 위해 만드는 거라고 생각하십니까, 감독 자신을 위해 만드는 거라고 생각하십니까?"

이제 스무 살 남짓인 그 감독 지망생 친구가 대답했다.

"…이런 영화도 있고 저런 영화도 있어야 된다고 생각합니다…….”

또 한 사람이 맞받아 물었다.

"같은 질문일 수도 있는데, 아무도 봐주지 않아도 계속 영화 만들 겁니까?"

좀 더 직접적인 질문이어서 좀 더 난처했나. 그 감독 지망생 친구, 꽤뜸을 들이다가 이렇게 대답했다.

"…계속 만들 건데요."

상영되는 작품들이 모두 실험적인 영화들이어서 그런지 영화제에 참석한 관객들 대부분이 장차 영화계에서 일하고 싶거나 혹은 이미 일하고 있거나 내지는 지대한 관심을 갖고 있는 사람들이었다. 대중적이고 상업적인 자리라면 몰라도 그런 자리에서만큼은 충분히 인정받고 박수받으리라 기대했던 그 젊은 감독 지망생 친구는 관객의 냉소적인 반응에 상당히 당황한 눈치였다. 그리고 나를 초대했던 그 친구의 스승은 분노하였다. 영화판이 이래요, 썩었어요, 천재를 못 알아보죠…….

그 감독 지망생 친구, 스승의 말대로 정말 머리가 좋았다. 기술적으로 어설프긴 해도 모든 컷 하나하나에 계산된 의도가 숨어 있었다. 가령 왕가위 감독에 대해 말하는 시퀀스 마지막 컷을 정말 왕 가위, 커다란 가위 주변을 맴도는 파리 한마리로 처리한 것을 보면서는 참 재밌고 용감하다는 생각을 했다. 하지만…….

문제는 그런 의도들이 관객에게 제대로 전해지지 않아 영화가 끝나고 난 뒤 감독이 하나하나 일일이 설명해야 했고 그것으로도 모자라 열장 정도 분량의 작품 설명서를 따로 만들어 나눠 줬다는 것이다. 그리

고 더욱 안타까운 것은 설명서를 읽어야 이해하는 관객들을 답답해했
다는 것이다.

최근 TV 광고 중에 그런 것이 있다.
"모두가 '예' 해도 '아니오' 할 수 있는 사람, 모두가 '아니오' 해도
'예' 할 수 있는 사람. 예스도 노도 소신있게……."
물론 무조건 반대, 무조건 찬성이 아니라 소.신.있.게. 찬성하고 반대
하는 것에 초점을 맞춘 것이겠지만, '다수결'이란 방식이 얼마나 야만
적인지도 알고 있지만, 그렇다고는 해도 그것이 과연 '소신'인가… 나
는 계속 미심쩍다.
모두가 예— 할 때에는, 모두가 아니오— 할 때에는 그럴 만한 이유
가 있지 않을까. 모든 사람의 생각과 판단이 단 한 사람의 그것보다 못
하리라 생각하는 것은 소신이 아니라 오만이나 독선이 아닐까. 독불장
군 식도 아니고 적당한 타협도 아닌 진정한 소신이란……. 흠, 그러고
보니 소신있게 산다는 것은 정말 어려운 일이로구나.

영화를 보고 나오면서 나는 자꾸만 그 광고가 떠올랐는데 그래도 그
광고를 볼 때처럼 찜찜하지 않은 건, 다행스러운 건, 한편으론 흐뭇하
기까지 한 건, 아직은 영화에의 열정과 개.인.적.소.신.으로만 똘똘 뭉
친 그 친구가 이제 겨우 스물 남짓, 이번이 첫 작품이라는 사실이다.
관객과 소통하는 작품을 만드는 것이 결코 흥행 영화를 만드는 야합
이 아님을 알게 되기엔 아직 많은 시간이 있기 때문이다.

새벽 5시 40분.

어김없이 들려오는 기침 소리. 허파가 터져 나갈 듯, 자지러지는 기침 소리다. 목소리의 굵기와 색깔로 짐작컨대 '아마도' 50대 중반쯤의 사내다. 발작적인 그 기침 소리에 깜짝 놀라 시계를 보면 어김없이 5시 40분이다. 벌써 몇 달째인가. 5시 40분 이전에 곯아떨어진 날에는 듣지 못했지만 이 아파트로 이사 온 이후 하루도 빠짐없이 계속되고 있는 듯하다.

기침의 발원지가 어디인지는 알 수 없다. 바로 아래층인 것도 같고 하염없이 먼 곳인 듯 아득하게 들리기도 한다. 그러나 그것이 귀신의 기침이 아니라면, 내가 살고 있는 이 아파트같은 동 어딘가에 살고 있는 50대 중반 사내의 기침 소리일 것이다.

처음 그 발작적인 기침 소리를 들었을 때는, 어찌나 괴괴하던지 심란하기까지 하였다. 저러다 숨이 막히거나 폐가 부풀어 죽어버리는 게 아닐까… 옆에 누군가 있기는 한 걸까… 만약 혼자 사는 사람이라면… 그래서 지금 누군가의 응급조치가 필요한 거라면… 간단한 응급조치로—가령 천식 같은 병이라면—생사가 엇갈릴 수 있는 상황이라면… 하는 식으로 혼자 여남은 개의 시나리오를 썼다 지우며 불안해했었다.

그러다 다음날 같은 시각, 어김없이 들려오는 그 자지러질 듯한 기침 소리를 들으며 되레 안도했었던 기억이 난다. 휴… 별일없구나.

이상의 詩 중에 그런 구절이 있다. *아침에 일어나면 밤새 폐벽에 그을음이 앉아 있다고… 폐병쟁이였던 이상은 아마도 고통스런 기침과 함께 아침을 맞았던 모양이다. 그래서… 누군지 모를 중년 남자의 기침 소리가… 더 새삼스러운 걸까…….

1분의 오차도 없이… 맞춰놓은 알람 시계처럼… 그렇게 참혹하게 시작되는 아침이란… 요즈음은 기침하며 깨는 그 주인공보다, '아마도' 그의 옆 자리에 누워 있을 그의 아내의 심정이 궁금하다. 그녀는 대체 어떤 얼굴을 하고 자신의 남자를 보고 있을까. 날마다… 매일 새벽 5시 40분마다…….

이제 나는 적이 걱정스럽기까지 하다. 만약 어느 날부턴가 그 시간에 그 기침 소리가 들리지 않게 되면… 얼마나 불안할까… 얼마나 방정맞은 생각이 들까…….

날마다 새벽에 깨어 있는 나는 요즘, 5시 40분이 채 되기 전부터 연방 시계를 들여다보며 그의 기침을 기다린다. 그리고 그의 기침 소리가 들려오면 그제야 휴… 안도한다. 어이없게도 나는 병색이 완연한 기침 소리로 그의 안녕을 확인하고 있는 것이다. 비록 새까맣게 그을음이 앉았을지언정, 그의 아침이 오늘도 어김없이 밝은 것에 대하여… 말도 안 되는 안도를 하는 것이다.

　…밤사이에무엇이없어졌나살펴본다. 습관이도로와있다. 다만내사치한책이여러장찢겼다. 초췌한결론위에아침햇살이자세히적힌다. 영원히그코없는밤은오지않을듯이…….

대학 다닐 때 나는 주로 詩만 썼다. 동인지에 소설을 내는 동기도 있었고 평론을 싣는 선배도 있었는데, 나는 4년 내내 줄창 詩만 썼다. 그리고 괜히 어줍잖은 객기가 잔뜩 들어서는 학교 후문의 '말의 사원'이라는 주점을 종종 찾았다. 말[言]의 사원[寺]이었던 것이다!

그렇다고 내가 詩에 자신이 있었는가 하면… 그 반대다. 나는 詩가 정말 어려웠다. 무엇이 詩인가… 詩와 산문을 구별하는 것조차 어려웠다. 그것은… '詩'를 '시'라고 쓸 수 없는 이유를 설명할 수 없는 이유와 같다.

좌우지간 그렇게 줄창 詩만 쓰다가 정작 학교문학상에는 산문을 써서 응모하고 뻔뻔하게 상을 받아먹은 것도, 결국은 詩가 너무 어려웠기 때문이다(물론 그렇다고 산문이 쉽다는 얘기는 아니다. '어렵다'의 반대는 '쉽다' 가 아니다. '어렵지 않다' 일 뿐이다).

그렇게 어려워 죽겠으면서도 詩를 안 쓰면 안 되는 병에라도 걸린 사람처럼—실제로 나는 '病' 이라는 연작시를 5편인가까지 썼었다—죽어라 詩만 써 제낀 이유는, 詩는 어쨌거나 산문보다 짧았기 때문이다. 구구절절 설명할 필요가 없었기 때문이다. 그러하고 저러해서 이렇게 됐다오 할 필요 없이, 그냥… 기쁘다, 아프다, 그러면 되었다. 왜 아픈지, 어디가 얼마만큼 아픈지, 그래서 어떻게 되었는지, 그런 따위의 설명을 요구하면 '이봐, 이건 詩라구' 하면 되는 거였다.

생각해 보니… 그때 내 인생 자체가 그랬던 것 같다. 이유도 없었고 결과 같은 것은 더욱 없었다. 누구를 설득하지도 않았고 이해는 애당초 바라지도 않았다. 읽는 사람이 느끼면 느끼는 대로 그것이 정답이라고 생각했다. 내 詩가, 어린왕자의 한 송이 장미로 둔갑하든, 길바닥에서 비 맞는 미친년 꽃다발이 되든, 그것은 전적으로 독자의 몫이고 권리라고 생각했다. 그래서 누군가, 익명의 독자가 내게 그런 말도 했었다.

"당신은 좀 더 친절할 필요가 있습니다."

요즘의 나는… 참 말이 많다. 온갖 물증과 심증을 제시하며 논리적인 척, 설명하고 설득한다. 날 이해해 줘! 하고 외치는 것이다. 이봐, 난 아프다구! 여기가 아파! 칼에 베였지! 죽을 것같이 아프다니까! 이따위인 것이다. 제기랄. 어쩌다 이렇게 되었지. 나이를 먹는다는 것은 이해를 바라는 것일까. 말이 많아지는 것일까. 오해가 생기는 것이 두려워지는 것일까.

물론, 누군가 나를 위로해 줄 여지는 아직 남아 있다. 냉소와 독설로 가득하던, 그 버르장머리없는 탱크주의에서 벗어나 이제야 비로소 꽝

장으로 나와 사람들과 대화하고 있는 거라고.

　자네, 기꺼이 위로해 줄 텐가?

　그러나… 나는 이따금 참 詩가 쓰고 싶다.

누구의 발인지 짐작이나 하시겠습니까.

희귀병을 앓고 있는 사람의 발이 아닙니다. 사람의 발을 닮은 나무뿌리도 아니고 사람들 놀래켜 주자고 조작한 엽기 사진 따위도 아닙니다. 예수의 고행을 좇아 나선 순례자의 발도 이렇지는 않을 것 같습니다.

명실공히 세계 발레계의 탑이라는 데 누구도 이견을 제시하지 않을, 발레리나 강수진의 발입니다. 그 세련되고 아름다운 미소를 가진, 세계 각국의 내로라하는 발레리노들이 그녀의 파트너가 되기를 열망하는, 강수진 말입니다.

처음 이 사진을 보았을 때 심장이 어찌나 격렬히 뛰는지 한동안 두 손으로 심장을 지그시 누르고 있었답니다. 하마터면 또 눈물을 툭툭 떨 굴 뻔하였지요. 감동이란… 이런 것이로구나… 예수가 어느 창녀의 발에 입 맞추었듯, 저도 그녀의 발등에 입 맞추고 싶다는 생각마저 들었습니다.

마치 신을 마주한 듯, 경이로운 감격에 휩싸였던 것이지요.

그녀의 발은, 그녀의 성공이 결코 하루아침에 이뤄진 신데렐라의 유리구두가 아님을 보여줍니다. 하루 19시간씩, 1년에 천여 켤레의 토슈즈가 닳아 떨어지도록, 말짱하던 발이 저 지경이 되도록… 그야말로 노력한 만큼 얻어낸 마땅한 결과일 뿐입니다.

그녀의 발을 한참 들여다보고… 저를 들여다봅니다. 너는 무엇을… 대체 얼마나… 했느냐… 그녀의 발이 저를 나무랍니다. 인정합니다… 엄살만 심했습니다… 욕심만 많았습니다… 반성하고 있습니다.

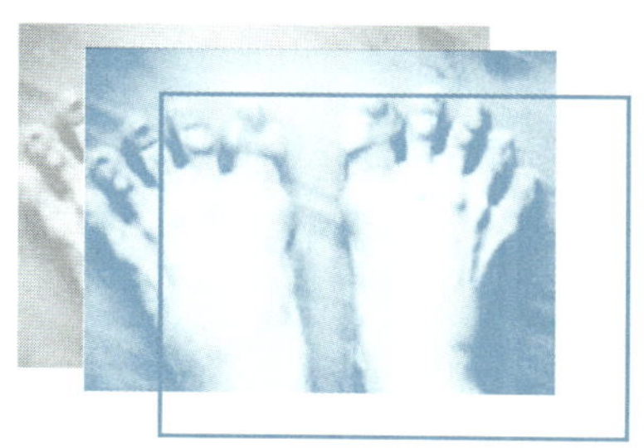

열세 살부터 생긴 주근깨가 서른이 넘은 지금도 있다. 굳이 가리려고 애를 쓰지는 않지만, 햇빛을 받는 즉시 더욱 짙어지는 건 꽤 신경이 쓰인다. 최근 누군가, 주근깨를 싹 없앴다. 감쪽같다. 물론 빠르면 6개월, 오래 가면 3년 후에 재발한다고는 하지만, 지금으로선 신기한 모습이었다. 그래서 나도 해볼까— 했더니, '딱지 관리'가 관건이란다. 주근깨를 뽑아낸 자리에 앉은 딱지가 저절로 떨어질 때까지, 행여나 떨어지지 않도록 애지중지해야 한다는 것이다. 잘못하여 강제로 딱지가 떨어진 날엔, 본래 색깔보다 더욱 짙은 반점이 생긴다는 것이다. 그 말을 듣고… 바로 포기했다.

나는 상처 관리를 못한다. 상처 난 자리를 건드리고 또 건드려서…

또 회복되기 직전의 그 간지러움을 못 견뎌서⋯ 한번 상처가 나면⋯ 딱지가 몇 번이나 새로 앉았다 떨어지고⋯ 곪고⋯ 피나고⋯ 흉터가 더욱 깊어져서⋯ 결국에는 연한 갈색의 흔적이 크게 남고야 만다.

일주일이면 싹 아물 것을 한 달 이상씩 가는 경우가 허다하다. 그래서 무릎이며 팔꿈치며 등이며⋯ 상처 났던 흔적이 곳곳에 남아 있다, 어린애처럼.

마음의 상처는 빈도 대비 정도가 한결 심하다. 다들 그럴 것이다. 말로야 남 탓하면서 왜 자꾸 상처를 건드리냐고 원망을 하지만⋯ 기실, 상처를 자꾸만 덧나게 하는 건 정작 나 자신이란 걸 안다. 진득하니 약 잘 먹고 조신하게 기다려야 하는데⋯ 조심성이 없어서건, 스스로 신세를 볶는 몹쓸 취미가 있어서건, 운이 나빠 다친 자리만 자꾸 또 다쳐서건, 결국 다 내 탓 아닌가. 운이 나쁜 것도 내 탓이다.

언젠가 맹장 수술한 꼬마 녀석이, 수술 잘됐다고, 방귀도 금세 나왔다고, 이제 퇴원만 하면 된다고, 까불면서 뛰어다니다가, 꿰맨 자리가 터져서 결국은 입원실에서 마취도 안 하고 다시 꿰매는 참담한 광경을 본 적이 있다. 피를 철철 흘리며⋯ 흘러나온 내장을 집어넣으며⋯ 그렇게 험하게 재수술을 했다. 어린것이 너무 안쓰럽고 마음이 아팠지만⋯ 냉정하게 생각하면 결국 제 탓 아닌가. 야단맞을 짓이다.

아무리 화타 같은 명의라도 치료해 주는 데는 한계가 있는 법이다.

지지부진하던 회의가 드디어 탄력을 받아 후끈 달아오르는데 하필이면 그때 전화가 왔다. 이런, 누구야. 유료 주차장 주인 아저씨다. 곧 퇴근해야 하니 와서 계산을 하란다. 그러마 했지만 속도가 붙은 회의를 떨치고 일어서기가 싫다. 그냥 계속 회의를 하기로 한다. 모든 일에 우선 순위가 있다면, 지금 나는 회의를 선택해야 한다고 날 변명하면서.

결국 전화받은 지 두어 시간 후에야 부랴부랴 달려가니 벌써 퇴근하셨다. 이런, 어쩌지 하는 마음이 우선 들고, 차까지 걸어가는 동안에 '아저씨 퇴근 후에 차를 대면 주차비 안 내도 되겠네' 하는 생각이 그 다음 들었다가, 차문 틈에 끼워진, '얼마얼마를 어디어디에 놓고 가십시오' 라는 아저씨의 쪽지를 읽고서는 얄팍한 생각을 들킨 것 같아 민망

했다.

아저씨가 말한 그 얼마얼마를 편지로 싸서 아저씨가 말한 그 어디어디에 넣어두는데 지나가던 러닝셔츠 바람의 아저씨가 참견을 한다.

"뭐 해요?"

"…왜요?"

내가 무엇 하고 있는 중이라고 대답하지 않고 '왜요?' 라고 쌀쌀맞게 대꾸한 것은, 다분히 그를 의심하고 경계했기 때문이다.

"지금, 주차비 넣어두는 거예요?"

다 알고 묻는다.

"…네."

내 대답이 아주 건조하고 무뚝뚝하게 끊어진다.

"야… 아가씨 복 받겠네. 그냥 가면 될걸… 그걸 그렇게까지… 그래요, 거기다 둬요. 거기다 두면 아무도 몰라. 참, 착하네."

몇 번을 반복해 칭찬하고 칭찬하는 말을 들으니 잠시나마 아저씨를 의심하고 경계한 마음이 너무 부끄럽고 미안했다. 도둑질한 사람보다 도둑맞은 사람이 더 죄가 많다고, 엄만 종종 말씀하셨었지. 이 사람일까, 혹시 저 사람이 아닐까… 엄한 사람을 의심하기 때문이라고. 죄없는 사람을 의심한 죄, 크다. 부끄럽고 죄스러운 마음에 짐짓 더 상냥하게 인사를 하고, 차를 빼 나왔다.

다음날 아침, 일찌감치 전화가 울린다. 아아, 누구야… 또 주차장 주인 아저씨다. 왜 돈을 안 넣어놓고 갔느냐다. 화가 나 있었다. 아, 이런. 나는 분명 넣어두었다고, 말씀하신 곳에 넣어두었다고, 반복해 말했다.

"거기다 두면 아무도 모르는데……."

내가 돈을 두지 않고서 두고 갔다고 거짓말한다는 투다. 아저씨는 날 의심하고 나는 어젯밤 그 러닝셔츠 아저씨를 의심한다. 의심한 것을 미안해했던 것까지 억울하다. 거봐, 역시 그랬어.

이튿날 다시 그곳에 차를 대러 갔다. 아저씨는 날 여전히 의심하는 눈초리다.

"저기다 두면 아무도 모르는데. 누가 저걸 들춰요―"

퉁명스레 또 얘길 꺼낸다. 그 순간, 문제의 러닝셔츠 아저씨가 지나간다. 주차장 주인 아저씨와 눈인사를 나누고 나를 흘깃 본다. 그 눈빛이 흔들린다고 나는 느낀다. 순간, '저 아저씨가 그날 돈 두는 거 보셨는데' 라고 외치고 싶어진다. '역시, 범인은 현장에 다시 오는 법이지' 하는 우스꽝스런 생각까지 든다.

하지만 말하지 않았다. 그렇게 해봤자 의심하고 의심받는 사람을 한 명씩 더 만들 뿐, 달라질 건 없지 않은가.

"분명히 넣어두었는데 이상하네. 오늘은 아예 종일 주차로 계산하고 갈게요."

아저씨가 내 얼굴을 잠시 살피더니 이내 목소리가 누그러져서는 '만원만 내라' 고 한다. 1시간에 3천 원이니 4시간도 되지 않는 값이다. 나는 적어도 7시간은 주차할 것인데. 왜 깎아주실까. 더 이상 나를 의심하지 않는다는 뜻으로 받아들이기로 한다. 그것만으로, 족하다.

회의하러 가는 길, 햇살은 따갑고 바람은 서늘하다. 좋아하는 날씨다. 순간, 피식 웃음이 났다. 처음엔 조금 짜증스럽기도 하고 매사에 의심해야 하나, 세상 살 맛 안 난다는 생각도 들더니만… 갑자기, 사는 게

재밌네 싶었다. 소액 재판을 치르느라 더 많은 돈과 시간을 날린 소시
민 얘기도 생각나고… 하하. 의심도 하고 믿기도 하고 발등도 찍히고…
참 재미나다. 살 맛 난다. 날씨 조오타~!

화난 티, 심술난 티, 억울해하는 티 다 나는데, 화 안 났다고, 심술 안 났다고, 억울하지 않다고 손사래를 치면서 말짱한 얼굴로 '내가 뭘?' 하는 사람들을 보면 나는 정말 때려주고 싶다. 물론 성격마다 장단점이 있지만, 순간 욱— 하고 다음 순간 허허 웃으며 풀어지는, 감정 기복 극심한 내 성격이 참 지랄맞다는 것 인정하지만, 그래도 자근자근 사람을 질리게 하고 지치게 하고 급기야 속 터져서 동동 구르게 하는 성격보다야 차라리 낫지 않나 생각한다. 드라마에 나오는 일반적인 천사표 주인공들이 대체로 그런 성격이다. 힘든 티 다 내면서, 툭하면 어깨에 파묻혀 질질 짜면서, 꾸준히 전화를 걸어서는 축 처진 음성으로… '괜찮아요…' 하는 것이다. '힘들어 보여. 무슨 일 있는 거 같애' 하면 '아니에요… 제가 뭘요…' 그렇게. 으이그. 속 터져. 정말 괜찮으면 좀 웃지 그래. 정말 괜찮으면 괜찮은 척 연기라도 해야 하는 거 아냐? 그래서 나는 천사표 인물들에게 상당한 거부감을 가지고 있다. 제 밥그릇도 못 챙기고는 '괜찮아요…' 하면서 배고파 쓰러지는, 그 바람에 옆에서 제 밥그릇 챙긴 사람을 졸지에 속물로 만들고 약한 자를 돌보지 않은 악인으로 만들어 버리는, 그렇게 늘 어정쩡하게 착한 나라 역할을 하는 사람들에게 두드러기가 난다. 제 할 말 못하면, 목소리 작으면, 뭐든 괜찮다고 하고 거절하지 않으면, 잘 속으면, 일단 착한 거라고 생각하는 사람들도 못마땅하다.

나는, 착한 팥쥐가 좋다. 착한 놀부가 좋다. 영화 '지옥의 묵시록' 에 나오는, 지금도 내 뇌리에 뿌리박힌 한마디가 있다. '우리는 저들에게 기관총을 쏘아대고는 반창고를 던져 준다. 나는 그걸 참을 수가 없다'. 그리고는 살아 꿈틀거리는 최후의 생존자, 강아지 한 마리를 마저 쏴 죽여 버리던. 나는, 그 심정을 100% 이해한다. 쌍수를 들어 동의한다. 나라도 그랬을 것이다. 알량한 동정심이라든가 가련한 연기 따위는 제발 집어치워. 그런 식이라면, 나는 계속 지랄맞은 나쁜 나라 사람 할랜다.

많은, 다양한 사람들을 만나면서 내가 듣는 공통적인 얘기 중 하나가 '정말 말없네요' 다. 대화의 대부분을 나는 열심히 듣고, 웃고, 놀라고, 끄덕이고, 맞장구칠 뿐이다. 숟가락을 들고 연방 종알종알거리느라 도통 밥을 못 먹는 내 모습에 익숙한 내 친구는 상상이 잘 안 되겠지만.

원래도 듣는 쪽이긴 했지만, 요즘 들어 그 정도가 점점 심해지는 것 같다. 하다못해 혈액형 얘기조차 아낀다(하기야, 혈액형 하나도 똑 떨어지게 말할 수 없는 복잡한 상황이니. 늘 이렇게 말해야 한다. '지금까지 혈액형 검사를 네 번 했는… O—A—O—A 이렇게 나와서… 헌혈이나 수혈하지 말라더라, 위험하다고. 그러다 최근에야 발표가 났는데 'A형의 아류' 라던가 'O형의 아류' 라고 이름을 붙였다더라…'). 오죽하면, 옛날 내 친구는 내 마음을 간신히 열어젖힌 뒤에 기진맥진하여 죽는 꿈을

다 꾸었을까. 자신들은 낱낱이 얘기하는데 나는 혼자서 다 겪어낸다고 뒤늦게 서운해하는 친구들도 무척 많았었다. 많다.

그 증세가 요즘 들어 부쩍 심해진 까닭을 곰곰 생각해 보니, '작가'를 직업으로 삼은 이후부터인 것 같다. 사람들 얘기 듣고, 보고, 살피고, 느끼고… 혼자 생각하고 혼자 정리하고 혼자 취재하고 혼자 상상하고… 그리고 혼자 써내는 작업에 내 에너지의 절반 이상을 소진하고, 남은 에너지는 내 생각과 조언이 필요한 상대에게 목이 따끔거리도록 얘기하는 데 사용하다 보니, 정작 내 얘기를 할 에너지는 남아나지 않는 것 같다. …그래, 정말 그런 것 같다.

오늘, 자신들의 속내를 조곤조곤 솔직히 내보이는 사람들 곁에 앉아 있으면서, 조금 부럽단 생각이 들었다. 그래도 이렇게 내보일 수 있어서 좋겠다. 솔직할 수 있어서 좋겠다. 난 왜 아직도 내보이지 못할까. 왜 이렇게 두렵고 부끄러운 게 많을까. 아직 어떤 것에서도 벗어나지 못했기 때문이겠지. 못났다… 줄곧 속으로 그런 생각하며 앉아 있었다.

연습하면 가능해질까. 괜찮아질까. 우선, 혼자서 주거니받거니 대화를 하는 오래된 버릇부터 그만두어 보자. 억지로라도.

'**알**자로' 공연에 갔었다.

정말 대단한 사람이라는 생각은 하고 있었지만, 'Mas Que Nada' 나 '스페인', '모닝' 등 몇몇 곡을 무척 좋아하긴 했지만, 그래도 그 정도일 줄은 미처 몰랐네. 정말, 저엉말 좋았다.

공연장에 들어서기 전 다소 심란했었는데, 공연하는 한 시간 반 동안 은 정말 온전히 행복했다. 환갑이 넘은 나이에도 여전히 한결같은, 아 니, 더욱 깊이가 느껴지는 그 음악에의 열정과 통찰이란. 천재 같았다. 노력하는 천재란 얼마나 무서운지. 게다가 그와 함께하는 밴드. 정말 '밴드'라는 단어가 심장에 와 박히는 '일체감'. 멋졌다.

공연은 일절 통역없이 진행됐는데, 맥주를 한 병 마시고 들어가서 그 런가, 어처구니없게도 그 리드미컬한 영어가 귀에 잘 들어오더라(뭐 죄다 틀리게 들었을 수도 있지만). 그가 노래하듯 한 얘기 중 가장 많이 사용한 단어들… Heart, Love, Soul, 그리고 Thanks였다. 낯간지럽고 근질거릴 수 있는, 혹은 뜬구름처럼 허황되게 들릴 수 있는 그 단어들이 어쩜 그렇게 와 닿던지.

아마도, 60년 넘게 세상을 산 남자가 하는 말이어서 그랬던 것 같다. 60년 넘게 세상을 살면서도 여전히 마음과 사랑과 영혼을 이야기하고 모든 것이 고마워 죽겠다니. 소름이 화르르 돋았다.

나는, 이제 고작 서른 해 남짓 살았으면서, 어쩌자고 그런 것들에 닭살스러워하며 냉소를 던졌을까, 건방지게도. 야단맞아야 된다. 누가 내 어깨를 세차게 흔들어주시오!

비록 공연 후에 다시 울울해졌고, 그래서 어제도 변함없이 술, 보드카 반 병을 비워 버렸지만, 그래도 마음 한 켠이 훈훈해진 건 술기운만은 아니었을 것이다. 마음에서 마음으로, 영혼에서 영혼으로… 나도 교감하고 싶다.

사람들과…… 사람과… 당신……!

전쟁이 끝났나. 전쟁이 예상대로 일찍 끝나서 주가가 정말 올랐나. 모르겠다. 주식 시장 돌아가는 판은 전혀 모르는데, 전쟁이 조기에 끝날 것을 예상하여 오히려 주가가 올랐노라고, 전쟁 발발 초기에 그런 기사를 읽었던 기억이 난다. 자, 그럼 이제… 평화인가.

미군이 바그다드를 침공할 때, 처참하게 무너지는 바그다드 역사가 너무 아까워서 조바심이 났었다.

'아아… 저건 부수지 말지… 아아, 저기엔 쏘지 말지…' 그랬다.

바그다드라면, 세계 사대문명 발상지가 아닌가. 도시의 50만 곳이 유적지라는 도시 아닌가. 바벨탑이며 공중정원… 세계사에 무지한 나도 아는 그 이름난 건축물들이 사적인 보복에 의해 눈 깜짝할 새에 잿더미가 되는 꼴을 보자니 정말 내 집을 잃은 듯 가슴이 아렸다. 수천 년을 잃는 것, 참 순간이더라.

전쟁이 종료된 후, 세계적 가치를 지닌 바그다드 유물들 4천여 점이 벌써 미국, 영국 쪽으로 옮겨졌단다. 세계 각지에 조각조각 흩어진 바그다드의 역사.

그나마 고대 오리엔트부터 이슬람을 거쳐 근세에 이르는, 수천 년을 아우르는 세계 최고의 박물관 '바그다드 국립 박물관'만은 간신히 살아남았다길래 안심했는데, 이번엔 바그다드 시민들이, 박물관에 난입해 수천 수만 점의 유물들을 남김없이 훔쳐 달아나고 있단다. 그중에는 바그다드의 자랑, 4000년 된 은제 하프도 있다는데.

보나마나, 이제 곧 이번 전쟁의 승리자 손에 넘어가, 빛나는 전유물이 되어 그의 장식장을 빛낼 테지. 그리고는 앞으로 언젠가, 우리의 '몽유도원도'나 '직지심경' 경우처럼, 뺏어간 사람들에게 가서 '주세요— 그거 우리 거예요—' 하겠지. 그리곤 하나 돌려줬다고, 고맙다고 하겠지. '미군이 좋아요!'를 외치며 스스로의 심장을 갖다 바치는 그 꼬락서니들을 보자니, 오래지 않은 우리의 과거를 보는 것 같아 화가 났다. 한숨이 났다.

전쟁이 발발하는 동안에도, 뉴스나 신문을 통해 미국 스커드 미사일의 성능은 참 자세히 들었는데, 그 미사일에 의해 파괴되는 바그다드의 건축 문화 유산에 대한 얘기는 언급조차 않는 것이 난 참 이상했다. 이상해하는 내가 이상한 것인가. 하긴… 전쟁 중에 목숨이 오락가락하는데, 난리 후에 당장 배가 고픈데, 무슨 문화고 유산이고 역사겠느냐마는… 그래도… 역사가 없으면… 다시 일어설 힘은 어디에서 찾지. 뿌리가 있어야, 비록 밑둥이 잘렸더라도 어느 해 봄이건 다시 싹을 틔워볼 텐데… 나는 자꾸 노파심이 든다.

전쟁의 화염으로부터 인류의 문화 유산을 보호하기 위해 세계가 약속한 것이 바로 '헤이그 협정'이다. 중국, 프랑스, 이탈리아, 독일 등 99개국이 가입했다. 그런데… 우리나라(북한 포함)와 미국. 영국. 일본 등은 가입하지 않았다. 왜일까. 이유가 궁금하다.

스스로를 폄하하고 싶지는 않지만, 아마도 우리는 미국이나 일본 따라 하느라 가입하지 않은 게 아닐까— 하는 생각부터 들고, 미국이나 영국, 일본은… 혹시 아직도 세계 제패의 야망을 버리지 못하고 있기 때문이 아닐까 싶다.

언제고 3차 세계 대전을 일으키겠다는 야심을 가지고 있다면 침략할 나라의 문화 유산을 지키기 위해 파괴돼도 괜찮은 자리 골라가며 융단 폭격을 가하는 것은 너무나 귀찮은 일일 테니까(내가 너무 많이 생각한 걸까, 또).

하기야… 윤동주의 하숙집 터에 다세대 주택이 들어서고 이상이 평생 살던 집에 가겟집이 들어서고 인사동 한복판에 대형 오락실들이 버젓이 들어서는 판에, 그거 하나도 못 지키는 판에, 전쟁 중에 문화 유산을 지키자는 건 애당초 말이 안 되는 얘기긴 하구나.

말도 안 되는 얘기를 여태 했다, 내가.

머리를 싹둑 잘랐다. 워낙 빨리 자라기는 하지만 이번엔 좀 심했다. 작년, 월드컵 기간 동안 내 머리 모양은 거의 커트에 가까웠다. 그리고 지금 9개월이 지났고 중간에 한 번 조금 잘랐었는데… 내 머리는 그때의 길이로부터 거의 30센티 가까이 자랐다. 한 달에 3센티가 자랐다는 얘기! 야한 생각을 많이 하면 머리카락이 잘 자란다는, 크게 근거 없는 이야기가 있기도 한데, 아무리 생각해 봐도 지난 9개월 동안 야한 상상을 그렇게 지나치게(?) 한 것 같지는 않다. 후배가, 생각을 많이 해서 빨리 자라는 것 아니냐고 하는 말을 들으니… 무섭다. 나는 정말 생각을 너무 많이 하는데—다시 생각해 봐도 정말 생각을 많이 한다고 생각된다—그 때문에 머리가 빨리 자라는 것이라면… 조만간 내 머리카락이 내 방을 가득 채울지도 모른다는… 내 머리카락에 휩싸인 채 앉아서 일을 하고 있는 무서운 장면이… 상상되었던 것이다. 우—

그래서 오늘 비가 추적추적 오는 데다가 이미 밤 10시가 되었는데도 기어이 친구와 머리를 자르러 가고야 만 것이다.

원하는 머리 모양에 대해 그동안은 이러쿵저러쿵 설명하기도 하고, 때로는 그림을 직접 그려서 갖고 가 보여주기도 했는데, 오늘은 만화책을 들고 가서 '이렇게 잘라 주세요' 라고 했다. 결과는…… 전혀 다르다. 아, 하려고 했던 얘기는 이게 아니고…….

어릴 때, 내 머리가 내 머리가 아니었던 시절, 엄마 것이었던 시절, 나는 머리가 굉장히 길었다. 정말로 허리까지 오는 긴 생머리였다. 엄마는 지금도 긴 머리를 굉장히 좋아하신다. 오후반인 날은, 엄마의 솜씨 자랑이 펼쳐지는 날이었다. 묶었다 풀었다, 땋았다 풀었다, 양갈래로 묶었다, 하나로 묶었다, 디스코로 땋았다, 꽈배기로 땋았다, 핀을 꽂았다, 리본을 매었다…… 나중에는 고데기까지 장만하셔서 내 머리는 종종 후끈 달아오르곤 했다.

그러던 어느 날, 초등학교 3학년 가을쯤이었던 것으로 기억한다. 드디어 엄마에게 말했다.

"엄마, 나 머리 자르면 안 돼?"

엄마는, 그런 내가 귀엽기도 하고 뜻밖이기도 했던 것 같다. 지금 기억하는 엄마 표정은 그렇다.

"어쭈—?"

엄마는 자르고 싶으면 자르라고 1,000원을 주셨고—당시 커트 값이 1,000원이었음을 알 수 있는 귀한 자료다. 쿠핫—나는 그 길로 미장원에 갔다.

"짧게 잘라주세요. 남자애들처럼 잘라주세요."

우리 엄마와 친분이 있는 미용실 아줌마, 계속 말린다.

"아유 아까워… 자르지 말지…… 정 그러면 단발로 잘라줄까?"

그러나 세상에 태어난 지 10년 만에 표출된 나의 자의식, 내 소유권 주장은 확고했다.

그리고 그날 저녁, 엎드려서 책을 읽고 있는 내 뒤통수를 향해 퇴근한 아버지가 말씀하셨다.

"승형이 왔니?"

승형이는… 우리 고종사촌 오빠 이름이다.

다음날, 교실에 들어서자 아이들이 말했다.

"너 누구야?"

"너 몇 반이야— 여긴 15반이야—"

머리 자른 것을 놀리려고 한 말이 아니었다. 진정 그들은 진지했다. 별 대꾸 없이 내 자리에 앉아 가방을 푸는 나를 보고서야, 한 아이가 소리쳤다.

"선생님— 고은님 머리 잘랐어요—!"

교실 어디에 쥐라도 나타난 듯, 누가 싸우다 코피라도 터진 듯, 그렇게 큰일이 난 것처럼 선생님께 고해바치는 것이다. 우리 예쁜 담임선생님, 그날 하루 종일 옆반 선생님들께 같은 말씀을 하셨다.

"애가 은님이에요."

그날 오후. 여자 친구들 너덧 명과 일렬로 늘어서서 팔짱을 끼고 집에 가는 길이었다. 마주 오던 아주머니가 저만치서부터 나를 빤히 보신다. 아주 뚫어져라 보신다. 그리고 코앞에 와서 드디어 한말씀 하시기를.

"어머, 얘. 너 꼭 여자애처럼 생겼다—"

…이것이 내가 최초로, 내 의지에 의해 머리를 잘랐던 사건에 대한 기억이다. 아니, 추억이다. 사실 그동안은 그저 '기억'이었는데, 그로부터 20년쯤 지나 머리를 자르고 있는 오늘, 갑자기 '추억'이 되었다. 아무리 고약한 기억도 세월이 지나면 추억이 된다더니, 정말 그런가 싶다. 물론 뭐 그 일이 그렇게 고약한 기억은 아니지만 말이다.

지금 죽을 것 같은 일들… 기억마저 싹싹 지우고 싶은 일들도… 한 20년쯤 지나면… 추억이 될까… 기억과 추억 사이에는 세월이 있는 것일까… 어떻든 오늘은 기억과 추억 사이에 비가 꽤 내렸었다.

어디선가 읽었던, 누군가의 글귀가 생각난다.

"…세상사의 덧셈 뺄셈이나 겉치레형 인사말이나… 그런 것들엔 영 익숙지 못한 친구. …나사가 하나 빠진 듯한 기인 주변에는 그 인간을 돕고 싶어하는 인간들이 있는 법이다."

사방이 막히기만 했으면 어디든 상관없었던 나를 끌어다 볕 잘 들고 북악산이 훌쩍 내다보이는 전망 좋은 방에 데려다 놓고 냉장고며 텔레비전이며 심지어 행주까지 구해다 넣어주는 후배도 있고, 따뜻할 때 먹으라며 부침개를 해다 날라주시는 이웃의 어머니도 있고, 우렁각시처럼 밥 해놓고 청소해 놓고 사라지시는 엄마도 있고, 아침부터 바리바리 장을 봐와서 밥 해주고 가는 사람도 있고, 먹을 것 대줄 테니 주소를 알

려달라는 사람도 있고, 종종 문자를 날려 종일 혼자 앉아 있는 내 안부
를 물어주는 친구들도 있고 너무 사발 커피만 마시지 말라고 걱정해 주
는 사람들도 많고.

　그들 덕에 산다.
　나를 괴물단지라고 부르며 외계인 취급하는 사람들, 그래도 어떻게
든 나를 지구에서 살게 하려고 애써주는 사람들 덕에. 나는, 그들에게
아무것도 해주는 게 없는데. 그저 그들을 전적으로 믿고, 사랑하는 것
뿐. 과분하다.
　음… 아… 그러니까 결론은…… 결국 나는 어딘가 나사 하나가 빠진
괴물이란 것.

종일 비다.

새벽부터 내내 비었다.

꼭두새벽에, 자는 사람을 불러내 생맥주 천씨씨를 마신 이후부터 내내… 비다(빗방울 툭툭 떨어지는데, 자전거 종을 딸릉딸릉 울리며 달려오니 되게 반갑더라. 자전거 종소리가 길 건너까지 가득 채울 만큼 그렇게 큰지, 그렇게 명랑한지, 미처 몰랐었다).

'비가 철철 오는 편이 일하는 데는 더 좋은데' 라고 어제 말했더니, 하늘님이 보란 듯이 비를 쏟아 부으신다. '과연? 네가—?' 라고 물으시며. 쩝. 잘못했어요.

그래도, 저녁나절까지 어금니를 꼭 물고 책상머리 혹은 밥상머리를 오갔으나… 결국엔… 우산을 쓰고 굳이 먼 길로 돌고 돌아… 아랫마을 슈퍼마켓에 갔다. 가서, 깡통맥주를 잔뜩 사 들고 왔다.

　냉장고를 깡통맥주로 가득 채운 뒤… 냉장고 문을 열고 잠시 그 서늘한 기운 속에 앉아 있자니 갑자기 약간 서글픔, 혹은 살짝 외로움. 뜻밖의, 맑은 날의 깡통맥주와… 비 철철 쏟아지는 날 혼자만의 깡통맥주는, 이렇게 다르더라.

누군가 물었다.

지금껏 살아오면서, 가장 슬펐던 일은? 괴로웠던 일은?

가슴을 도려내는 듯 아팠던 일들, 생각났다. 새벽 두 시에 문 닫기 직전의 동네 가게에서 소주 한 병을 사서 그 자리에서 비워 버린 적도 있었지. 피우지도 않던 담배를 스무 개비나 연달아 피우고 고개를 못 가누며 '지금 나는 죽을 것같이 괴로운 것'이라고 만족했던 적도 있었고 누군가 나를 납치해 주기를, 다시는 아침이 오지 않기를, 기억상실증에 걸리기를, 완벽하게 돌아버리기를!

하지만 지나고 보니… 다 견딜 만했다. 그래서 견뎠고… 이제 와 생각해 보니… 그때… 그보다 조금 더 아팠더라도, 난 견뎌냈을 것 같다. 그러니까… 가장 슬픈 건…

죽었기 때문에 볼 수 없는 것.

스토커 흉내를 내어 멀리서 까치발을 하고도 볼 수 없으며 발신 추적을 막은 채 전화를 걸어도 목소리를 들을 수 없는 것. 죽어버려서 볼 수 없는 것. 혹은 죽었는데 보고 싶은 것. 소주 한 병을 단숨에 들이키거나 담배 스무 개비에 불을 붙일 기력조차 없는… 것. 그것만 아니라면… 어떤 슬픔도 견딜 만하지 않은가.
오늘 생각했다.

가만히 있는데…

비가 내리고… 바람이 불고… 해가 떴다가… 또 진다.

가만히 있는데…

봄바람이 불어 내 솜털을 간지르고…

가만히 있는데…

그 혹한 여름 기운이 파도처럼 몰려와 내 심장 박동수를 높이고…

그렇게 나를 환장하게 흔들었다가…

간다.

갔나.

가만히 있는데…

나는 가만히 있었는데…

하지만 왜 왔었느냐고 탓하고 싶지는 않아.

왜 갔느냐고 묻고 싶지도 않다.

나는 그저… 여전히 가만히 있다.

나이를 먹지 않는 가슴과 나이를 많이 먹어 겁이 많아진 이성.

그 가운데 우두커니…

왔다 가버린 그 봄은… 그 여름은… 지금 어디에 있을까 궁금해하면서.

우두커니…

어딘가… 비가 내리고…

또 어딘가에는 비가 내리지 않는단다.

그 경계에 서 있고 싶다.

비의 경계.

아무리 우리 영화가 외화에 비해 별반 뒤질 것 없고 그 증거로, 어지간한 경쟁에서는 웬만하면 한국 영화의 흥행 성적이 외화의 그것을 앞선다지만 그래도, 그래도 여전히 나는 외화를 볼 때마다 감탄하고 부러운 것이 있다.

특수 효과나 그 엄청난 물량이나 혀를 내두르게 하는 그래픽이 아니다. …사람, 사람이 부럽다. 8등신, 9등신의 쭉쭉빵빵한 남녀 배우나 금발머리에 푸른 눈동자를 가진 요정 같은 아이들이 아니라, 뺨이며 입가는 물론이고, 결코 나이를 속일 수 없다는 목 주름에 손등에 저승점마저 가득한… '정말' 나이 든 배우들. 나는 그들이 그렇게 부러울 수가 없다.

'해리포터와 마법사의 돌'을 볼 때도 그랬고 최근의 '마제스틱'이나

‘스파이더 맨’ 에서조차 그랬다. 주인공들보다도, 주인공을 격려하고 걱정하고 안아주는 주변의 노인들에게서 나는 눈을 뗄 수가 없었다.

60년, 70년… 많게는 80년 가까이 되는 세월 동안 매일매일 보이지 않게 조금씩 깊어진 그 주름살이 갖는 힘이란 가히 위력적이다. 바람 빠진 풍선처럼 쪼그라지고 메마른 입술을 간신히 움직여 ‘필름을 돌려야 하는데…(영화 ‘마제스틱’ 中)’ 라고 말할 때의 감동은, 그 어떤 특수 분장이나 탁월한 연기로도 따를 수가 없는 것이다.

그건 ‘진짜’ 니까.

진짜 ‘진짜’ 니까.

어릴 때, 앞으로 캡슐 하나 먹으면 1년씩 수명이 늘어나고 못생긴 것쯤 주사 한 방이면 해결되는 세상이 올 거라고 장난처럼 말했던 기억이 있는데, 정말 그런 세상이 왔다. 이제 눈을 크게 만들고 코를 오똑하게 높이는 것쯤은 고장난 가전제품을 수리하는 것만큼이나 쉽고도 당연한 일이 돼버렸고, ‘늙는 건 어쩔 수 없다’ 던 어르신들의 푸념이 무색하게도 정말 주사 한 방이면 얼굴에서 세월의 흔적을 감쪽같이 지울 수 있는 세상이 된 것이다.

그래서 브라운관이나 스크린에는 대체 나이를 짐작할 수 없도록 탱탱한 피부를 자랑하는 배우들이 넘쳐 난다. ‘도대체 저 배우 데뷔한 게 언제야…’ 하며 세월을 헤아려 보지만 이제 막 데뷔한 신인 배우들과 나란히 있어도 자꾸만 나이를 잊게 만든다. 엄마와 딸이라는데 자매 같고 친구 같기만 하다.

생각해 본다. 영화 ‘집으로…’ 에서 할머니 역할을 유명 배우가 연기했다면, 참으로 그럴듯하게 분장을 하고, 꾸부정하게 허리를 굽혀 걸으며, 용케도 할머니의 목소리를 만들어냈다면 어땠을까. 물론 연기는 훨씬 더 잘했을 것이다. 어쩌면 할머니보다 더 할머니처럼 보였을지도 모른다. 그리고, 그래서, 바로 그래서, 보는 우리 마음은 훨씬 덜 흔들렸을 것이다. '가짜'가 진짜보다 더 '진짜' 같을 때, 감동받기란 쉬운 일이 아니니까.

돌아가시던 날까지 머리를 빗어 올려 쪽을 지셨던 나의 외할머니는, 초등학생만한 체구와는 어울리지 않게 참 큰 손을 갖고 계셨다. 손마디는 굵고 손가락 끝은 넓적하고 뭉툭했다. 일제 치하의 암울한 시기에 조실부모하고 1950년 6월 25일에 남편을 잃은 뒤 여든을 훨씬 넘기실 때까지 홀로 사 남매를 키운 손이었다. 그 손을 잡고 있노라면, 100년 된 소나무를 잡고 있는 듯 참으로도 격정적이고 감동적이었던 기억이 난다. 내게 할머니의 손이란, 그런 것이다.

나는 배우가 성형을 하는 것에 큰 반감을 가지고 있지 않다. 일전에 말했던 것처럼 연기력보다는 일단 예뻐야 기회를 갖는 세상이기 때문이다.

하지만 나이 먹은 배우가 자꾸만 사라지는 것은 안타깝다. 아니, 나이는 많은데 늙지 않는 배우들이 자꾸 많아져서 정말 속상하다. 지금 참 예쁘고 근사한 남녀 배우들이 앞으로 20년, 30년 후에도 변함없이 참 예쁘고 근사한 할머니, 할아버지 배우로 늙었으면 좋겠다. 비바람 맞으며 하늘을 이고 섰는 고목(古木)처럼 말이다.

그리하여 언젠가 나의 영화에, 그렇게 멋진 노인들이, 헝클어진 반백의 눈썹을 가만히 찌푸리며 등장하기를… 근사하게 싱긋 웃어주시기를……

영화, 사람

코폴라 감독의 〈지옥의 묵시록〉은 영화라는 것이 저렇게 위대한 작업이구나 하는 감탄을 금치 못했던, 감수성이 극도로 들떠 있었던 열여섯에 만난 영화에의 첫 경험이다. 영화를 보는 내내 맥박이, 호흡이 얼마나 가빴던가. 지금도 기억이 생생하다. 하지만 그렇다고는 해도 어쩌자고 이토록 오랫동안 〈지옥의 묵시록〉에서 헤어 나오지 못하고 있는가 갑자기 궁금증이 일었다. 그리고 조금 시무룩해졌다.

돌아오는 칸영화제에 〈지옥의 묵시록〉 재편집판이 또다시 상영된다는 소식을 들었다. 1979년작이니 벌써 20년도 지난 고전(古典)인데 코폴라 감독은 필름을 재인화하고 사운드트랙도 디지털화한 2001년판 〈지옥의 묵시록〉이라며, 새로이 역작이라도 내놓은 것처럼 사기가 충천해 있다고 한다. 그것이 작가 정신인가, 아니면 장인 정신이라고 하는 것인

가, 애정인지 집착인지 강박인지 나는 구분하지 못하겠다. 어쨌든, 다분
히 십대의 강박이었을지도 모를 그 감동에서 이젠 조금이라도 빗겨나야
하지 않겠나 그런 생각이 문득 들었다. 물론 코폴라, 그에게 여전히 기립
박수를 보내고 경외를 보내지만 말이다.

그리하여 '지옥'에서 빠져나와 5분쯤 삐딱하게 눈을 돌리자 떠오른
영화는 엉뚱하게도 일본 영화 〈달리는 포스트맨〉이었다. 내 생각인데
나도 뜻밖이다. 내가 일본에 각별한 애정이나 관심을 갖고 있는 것도
딱히 아닌 듯한데 적어도 국내에 개봉되는 일본 영화는 거의 빠짐없이
챙겨보게 된다. 무슨 이유에선지 게시판에 일본 영화 포스터가 붙으면
괜찮은 만화 시리즈를 발견한 것처럼 굉장히 즐거워지는 것이다.

생각해 보면, 일본 사람, 일본 음식, 일본 영화… 묘한 공통점이 있
다. 일본 음식. 사실 헤쳐서 먹어보면 별것 아닌데 접시에 담겨 내올 땐
얼마나 그럴듯한지. 일전에 먹은 음식만 해도 그렇다. 계란말이. 포장
마차에서 소주 안주로 먹는 것도 아니고 일류 레스토랑에서 비싼 돈 주
고 계란말이를 사 먹다니. 하지만 계란 안에 토마토를 썰어 넣고 날치
알을 함께 말아 뚝딱 별미인 척한 것이 여간 이쁘지 않았다. 또 가지 요
리. 동네 식당에서도 흔하게 먹는 것이 가지조림인데 그 가지 위에 조
청을 발라 한 번 더 살짝 구웠는지 윤기가 자르르 흐르면서 달착지근한
냄새를 풍기는 것이 그렇게 먹음직스럽고 요염할 수가 없었다. 섹시한
가지찜.

일본 영화도 그렇다. 〈달리는 포스트맨〉. 원제는 〈포스트맨 블루스〉.
시놉시스만 읽어보면 참으로 뻔한 얘긴데, 아니, 시나리오를 완성해 놓
고 봐도 참 하품 나는 얘긴데 그걸 그렇게 깔끔하게, 맛깔스럽게, 아기

자기하게 영.화.처.럼. 만들어놓다니. 만약 우리나라에서 그런 영화를 만들었다면 앞머리를 핀컬 파마한 3류 야쿠자가 자신의 영웅에게 경의를 표하는 장면에서 유치하다고 실소하지 않았을까. 총에 맞아 죽은 남자 주인공과 병사(病死)한 여자 주인공이 자신의 시신을 내려다보며 손잡고 가는 장면에선 팝콘을 던지고 싶지 않았을까. 아닌가. 나의 편협한 선입견인가.

영악하고 치밀하고 꼼꼼한 일본인. 각양각색으로 라—멘을 끓여내고 초밥을 빚어내는 재주, 아니, 초밥 하나로 수십 권에 달하는 만화 시리즈를 출간하는 재주가 영화에서도 고스란히 느껴진다. 코미디면 코미디대로, 멜로면 멜로대로, 호러면 호러, 액션이면 액션, 게다가 로망 포르노까지! 장르별로 고루고루 잘 살아가는 일본 영화가 좋다. 맛있다. 그중에서도 굳이 〈달리는 포스트맨〉을 꼽는 이유는 감독인 '사부(예명이라고 한다)'가 영화 이론을 공부한 적도 없고, 연출부 경력도 없는, 이론과 현장 경험에 관한 한 '영화 무지렁이'기 때문이다. 오로지 영화에 대한 애정과 게으름 피우지 않는 노력 그리고 거침없이 굴러가는 자전거 바퀴 같은 재기발랄함에 힘입어 스스로를 '천재 감독'이라고 말할 수 있는 그 배짱과 자신만만함이 마음에 든다.

나도 열심히 하면, 게으름 피우지 않으면, 좋은 시나리오를 쓸 수 있지 않을까 하는 위안.

그래서 〈내 인생의 영화〉 한 편, 새로 리스팅(Listing)할 수 있지 않을까 하는 허황된 기대를 갖게 한다.

'돼지가 우물에 빠진 날'로 시작해 '강원도의 힘' 그리고 '오! 수정'으로 이어지는 홍상수 감독의 작품에 대한 전체적 감상은, 일단 스토리가 한결 탄탄해지고 있고 찜찜한 인간관계는 변함이 없으나 나날이 발전하는 유머 감각으로 한결 기분 좋게 볼 수 있게 되어가고 있으며 구성이나 기술 면에서는 꾸준히 새로운 시도를 하고 있다, 는 것이다.

'오! 수정'에서 특히 돋보이는 것은, 같은 일을 두고 두 사람 혹은 세 사람의 기억으로 다시 되짚는 방식을 효과적으로 사용했다는 것인데 아주 재미있다.

가령, 정보석과 이은주가 처음 대면하는 장면에서 정보석이 기사(외제차다)에게 점심값을 주는 일은 정보석 기억엔 전혀 없지만, 이은주에게는 이제부터 작정하고 정보석을 공략하게 되는 가장 중요한 일이 된다.

정보석에게는 이은주가 '처음'이라는 사실만이 너무나 거대해서, 그의 기억 속의 은주는 '처녀답게(?)' 조신하고 여성스럽고 얌전하기만 하지만 실제 이은주는 오빠의 수음을 대신해 주고 키스라면 누구든지 O.K.지만 정보석과의 키스 후 '이런 키스 처음이에요' 하면서 눈물을 흘릴만큼 닳아빠진 일면을 가지고 있는 캐릭터다(아아, 우리가 보고 있는 상대의 모습은 얼마나 단편적인 것인가. 어쩌면 우리는 아무것도 모르고 있는지 모른다. 이것이, 이런 관계 설정이, 홍상수 감독 영화를 보고 나면 늘 느껴지는 '찜찜함'이다).

이은주는, 무수한 고비(?)를 거치면서도 악착같이 '처녀성'을 지키고 결국 '처녀성'에 감복하는 정보석을 무력하게 만드는 데 보기 좋게 성공한다.

맞는 해석인지 모르지만, 사실 이은주는 문성근에게 처녀성을 주고 싶어했던 것 같다.

정보석과 호텔방에서 만나기로 약속한 날, 그녀는 약속 장소에 가는 대신 문성근에게 전화를 건다. 하지만 문성근은 가족과 있어야 하는 사람이고, 카메라 감독에게 뺨을 얻어맞는 무능하고 가난한 PD인지라, 결국 여관방에 나란히 누워 '저 감독님 정말 많이 좋아했어요'라고 과거 완료형으로 말한 뒤, 마음을 굳히고 마침내 제주도도 아닌 우이동의 한 호텔방에서 정보석에게 열심히 보존해 온 '처녀막'을 기꺼이 선사한다.

제목의 오! 수정은, 얼핏 보기엔 정보석이 이은주(극중 이름이 수정이다)에 대한 사랑으로 감격에 겨운 외마디를 지르는 것처럼 보이지만, 사실 그것은 처녀를 가졌다는 기쁨에서 오는 만세일지도 모를 일이다.

영화 스토리 역시 언뜻 보면 진정한 사랑을 찾아가는 한 남녀의 좌충우돌이 귀여워 보이지만, 따지고 보면 여자는 남자의 경제력을, 남자는 여자의 처녀성을 선택했다고 생각하지 않을 수 없다. 아, 물론 거기에 사랑이 완전히 배제되었다고는 전혀 생각하지 않는다. 특히 정보석은 첫눈에 이은주에게 호감을 가졌었고, 어떤 운명 같은 걸 믿는 남자고, 이후 이은주가 '처녀'라는 것에 결혼을 생각하며 감정이 극대화된 것이니만큼, 적어도 새벽에 오빠가 뛰어들어 오는 남루한 달동네에서 탈출하고 싶어하는 이은주에 비하면, 훠어얼씬 '사랑'에 가까운 감정이었을 것이다.

이런 모든 장난질을 눈치 채고 나면, '그게 뭐냐?'고 따지고 싶은 사람도 있을 것이고, 과연 첫날 피만 흘리면 '순결'한 거냐고 핏대 올리는 여성 단체도 있을 텐데, 홍상수 감독은 예의 그 능청스러움으로 가볍게 대답을 회피했다. '짝만 찾으면 만사형통'이라고 말이다.

자아, 짝을 찾으라. 그 사랑의 실체야 어떻든, 결국 우리는 상대가 보여주는 이상은 볼 수 없으며 자신이 기억하고 싶지 않은 것은 기억하지도 못하니, 최후의 순간에 '이제야 제 짝을 찾았는걸요'라고 말할 수만 있다면, 만.사.형.통.인 것이다.

시나리오 쓴답시고 이쪽 일과 직접적으로 엮어진 이후론 영화를 100% 순수하게 감상하지 못하게 됐다. 슬픈 일이다. 다음 대사 예상하고, 나라면 어떻게 처리했을까 생각하고, 편집이니 조명이니 연출이니 커트 연결 따위… 건방진 곳에까지 관심을 기울이며 보게 되는 것이다. 그러나…….

한국 영화 중 내가 가장 아끼는 영화 두 편 중 하나인 〈초록물고기〉의 이창동 감독에게는, 그저 고개 숙이고 묵념… 계속 묵념…….

〈초록물고기〉를 봤을 땐, 음 역시 소설가가 쓰니 다르군, 나의 정서와 잘 맞는군 하며 마치 가능성있는 신인 감독 하나 발굴한 투자자 같은 오만방자함으로 팔짱 끼고 기뻐했었다.

그리고 청룡영화제에서 각본상을 수상하고 그해 최고의 한국 영화로

선정되는 모습을 보면서도, 역시 내 눈이 딱 맞아 하면서 건방을 떨었었다. 그러나…….

〈박하사탕〉을 보는 내내 나는 가슴에 두 손을 얹고 있었고 극장을 빠져나온 이후 근 1시간 동안 아무 말도 하지 않아 동행했던 친구가 어쩔 줄을 몰라 했었다.

아름다움… 그 처연한 아름다움… 이창동 감독의 정서……. 한국 영화를 보면서 그렇게 순수하게 몰두하고, 순수하게 흥분하고, 순수하게 즐거워하고, 순수하게 긴장하고, 순수하게 목메고, 순수하게 받아들이고, 순수하게 경외했던… 적이 언제였던가, 싶다.

그는 1년 동안 꾸준히 준비하고, 한결 세련되어진 정서를 가지고 다시 나타났는데, 보란듯이 나타났는데, 나는 그동안 뭘 했나 괴롭고도 괴로웠다.

슬프고, 아름답고, 괴로운 알싸함. 박하사탕을 먹고 나니… 그랬다…….

올해 들어 본 영화 중 40%가 일본 영화. 올해 전에 본 〈러브레터〉
와 〈하나—비〉와 〈우나기〉와 〈가케무샤〉에 〈나라야마 부시코〉까지 계
산하면, 근래 들어 내가 보는 영화는 태반이 일본 것. 멜로면 멜로대로
에로면 에로대로 액션이면 액션대로 코미디면 코미디대로 모든 일본
영화가 내 정서에 맞는다는 것은, 내 피가 의심스런 일인가.

〈춤추는 대수사선〉은, 꼭 일본 만화책을 읽는 기분이었다. 모든 컷이
그랬고 에피소드가 그랬고 등장인물들의 표정이나 대사가 그랬다(주인
공이 유언을 하며 고개를 툭 떨구는 장면에 이어 달리는 자동차 신. 그리
고 그 위에 쩌렁쩌렁 울리는 코 고는 소리. 마치 '드르렁~ 드르렁~' 이
라고 쓰여진 만화 컷을 보는 기분이 든단 말이다).

그럴 수 있어서 얼마나 좋을까. 그렇게 마음 내키는 대로, 그야말로

내 멋대로 할 수 있어서 얼마나 좋을까. 유치함과 진부함을 그렇게 귀엽고 발칙하게 표현해도 좋으니, 다들 몰려들어 웃어 젖히고 손뼉 치니 얼마나 좋을까.

거의 모든 장르의 영화가 고루 발전하고 각자의 영역을 확실히 다질 수 있어서, 일본 영화인들은 참 좋겠다. 일본에 가서 영화를 배울까. 배운다는 가능한 걸까…….

학창 시절 일기 쓰던 감상. 모든 신경과 모세 혈관 하나까지 일제히 곤두서서 가닥가닥 반짝거리던, 그런 내 자신에 경기할 것만 같던, 몽상과 현실 사이의 문턱에 걸려 자꾸만 넘어져도 그래도 아픈대로 착하게 피 흘리며 웃던, 열여덟, 열아홉 그리고 스물… 그 언저리…….

벌써 기십 년째 맞는 가을인데도, 바람은 여전히 애간장을 녹이고 하늘은 환장하게 파랗다. 찬바람이 불기 시작하면 바다가 간절해지는 이놈의 고질병은, 어쩌면 바로 저 째지게 푸른, 하늘 탓일 게다.

여름내 들끓던 바다는 지금쯤 차갑게 식었을 테고, 저 하늘을 고스란히 담아내며 짙푸르게 빛나고 있을 것이니……

내가 바다를 동경하는 이유는, 바위 하나쯤 던져 넣어도 꿈쩍 않는 그 의연함과 깊이를 측량할 수 없는 아득함 때문이기도 하지만, 문득문득 거만해진 인류를 압도하는 그 거대함 때문이기도 하다. 어느 날 갑자기 휘몰아치는 해일이나 태풍까지 가지 않더라도, 때때로 수십 미터씩 곧추선 채 까마득히 밀려오는 그 어마어마한 파도란—!

하지만 영화상에서 이렇게 심장이 멎을 듯한 파도는 대부분 '재난'

에 불과하다. 〈어비스〉라든가 〈화이트 스콜〉 그리고 최근의 〈퍼펙트 스톰〉에 이르기까지, 영화 속에서의 파도는 주인공들의 생명을 위협하는 괴물일 뿐이다. 그러다 최후에는, 주인공들의 힘과 지혜 앞에 무력하게 무릎을 꿇고 만다.

예의 그런 결말이 못마땅하던 내게 〈폭풍 속으로〉는 정말 벅찬 감동 그 자체였다.

감독 '캐슬린 비글로우'는 〈타이타닉〉을 만든 '제임스 카메론'의 전 부인인데, 대자연을 무대로 사나이들의 의리와 우정을 표현하기를 즐긴다. 〈폭풍 속으로〉에서의 멋진 두 사나이는 '패트릭 스웨이지'와 '키아누 리브스. '더티 댄싱'에서 요염한 척 짧은 다리를 들어 올리던 패트릭에게 몸서리가 났던 나는 뒤늦게 비디오로 본 이 영화 한 편 때문에 패트릭에게 인심이 후해졌는데, 영화에서 패트릭은 닉슨, 카터, 레이건 등 전직 미 대통령들의 마스크를 쓴 은행 강도 일당의 대통령이다. 눈 깜짝할 새에 은행 금고를 탈탈 털고는 버젓이 창구 위에 올라서서 정말 대통령처럼 일장 연설까지 한바탕 한 뒤 비호처럼 사라지는, 그리고 훔친 돈으로 서핑을 하고 스카이다이빙을 즐기는 비폭력 평화주의 레저 스포츠 강도 일당.

일단 이런 설정부터가, 있는 놈들의 돈 털어다 가난한 사람들에게 던져 주었다는 '임꺽정'보다 훨씬 매력적이고 신선했는데, 이 영화의 매력은 패트릭을 체포하기 위해 FBI 요원인 키아누 리브스가 패트릭 일당에 위장 합류하면서부터 더욱 빛을 발한다. 패트릭은 키아누의 정체를 알면서도 함께 스카이다이빙의 쾌감을 공유하고, 키아누는 패트릭이 달아날 가능성이 있음에도 혼자서 짐을 꾸리게 해준다(어쩌면 패트릭이 정말 달아나 주었으면 하고 바랐던 것인지도 모르겠다).

창공에서… 바다에서… 그 하늘과 바다의 검푸른 기운을 함께하면서 서로에게 강렬하게 끌리는 두 사나이. 시내 한복판에서 만났더라면 도저히 융화될 수 없었을 두 남자가 위대한 바다와 파도 앞에서 한마음으로 엉겨가는 모습을 지켜보면서 내 마음은 몇 번이나 바다로 달려갔던지.

키아누가 극심한 갈등 끝에 개인적인 감상을 접고 본연의 역할로 되돌아가면서, 영화의 갈등은 끊어질 듯 팽팽해진다. 쫓고 쫓기는 두 사람… 달아나는 데 일가견이 있는 패트릭과 쫓는 데는 타의 추종을 불허하는 키아누인지라, 마치 칼과 방패처럼 좀처럼 승부가 나질 않는다.

그러나 서로를 알기 때문에, 결국은 둘이 만날 수밖에 없다. 50년 만에 한 번 온다는 파도. 패트릭이 그 파도를 놓칠 리 없다는 사실을 키아누는 너무나 잘 알고 있는 것이다. 파도가 몰려올 시간에 맞춰 해변에 FBI 요원들로 바리케이드를 치는 키아누. 그리고 그 앞에 버젓이 나타나는 패트릭. 몇 년간의 추격 끝에 드디어 마주 선 두 남자. 그러나 그 모습은 도망자와 추적자로서가 아니라, 그리움 끝에 상봉한 연인 같다.

쏟아지는 빗속에 드디어 파도가 몰려오기 시작하자 서핑 보드를 옆에 끼고 달려나갈 차비를 하는 패트릭. 움찔하며 저격 태세를 갖추는 FBI 요원들. 패트릭이 키아누에게 담담한, 그러나 당당한 어투로 말한다. '날 보내줘… 평생 한 번밖에 만날 수 없는 파도야. 돌아올게. 한 번만 저 파도를 타게 해줘' 그리고 키아누는… 보내준다.

영화의 원제는 〈포인트 브레이크〉다.

지금까지 30년 남짓 살아온 나의 행태를 돌아보면… 나의 모든 감정의 극대치는 '눈물'인 듯하다. 기막히게 슬플 때는 물론이고 심장이 쿵쿵거릴 만큼 행복할 때도, 내 일이든 생판 모르는 남의 일이든 억울해서 입술이 파르르 떨릴 때도 그리고 최악의 공포를 느낄 때도… 나는 눈물이 난다.

나는 정말 어지간한 일에는 놀라지 않고, 동요하지도 않고, 겁을 먹지도 않는 편이다. 지인들의 말로는, 누군가 내 목에 칼을 들이대며 위협해도 상대의 눈을 똑바로 쳐다보며 아닌 건 아니라고 말할 거란다. 음… 그런가. 아마… 그럴 것 같다. 그런 강심장의 내가, 지금껏 30년 남짓 살면서 절대적인 공포를 느껴 눈물을 툭툭 떨군 적이 내 기억으로 세 번 있다.

그 첫 번째는 열네 살, 태어나 처음으로 ‘진짜’ 시체를 봤을 때였다. 우연히 할머니의 염습 광경을 목도하게 되었을 때, 그 검푸른 시신을 봤을 때, 나는 갑자기 망부석이라도 된 여자처럼 그 자리에 우뚝 선 채로 눈물만 툭툭 떨구기 시작했다. 표정이라곤 없는 얼굴로, 어떤 비명도 없이, 마치 소리가 빠져 버린 영화처럼. 그러나 사람들은 지금까지도 모를 것이다. 그때 내가 할머니의 죽음이 슬퍼서가 아니라, 마치 틀린 퍼즐 조각처럼 살아 있는 사람들 한가운데에 누워 있는 그 생생한 죽음에 공포를 느껴서 눈물 흘렸다는 사실을.

두 번째는 열일곱 살 때. 평소 무척 좋아하던 선배 언니가 예의 그 천사 같은 얼굴로 귀신 본 애기를 들려줄 때였다. 친구의 등에 업혀 다니는 귀신이 친구의 목을 조르고 있는 모습을 보니 눈물이 나더라는 언니의 경험담을 듣는 순간, 친구들은 모두 찢어지는 비명을 지르며 서로 끌어안았지만, 나는 그저 무표정한 얼굴로 눈물만 툭툭 떨구었다. 결코 귀신 애기가 무서운 게 아니었다. 제사 때 절을 하려고 해봤지만 하느님이 뒤에서 머리를 잡아당겨 할 수가 없었다는, 그래서 이젠 기도만 한다는 언니의 투철한 신앙심이, 나는 정말 무서웠다. 무언가를 절.대. 적.으로 믿는 사람이 무섭게 느껴지기 시작한 것도 그때 이후인 것 같다.

그리고 세 번째… 뜻밖에도 그건 영화였다. 아니, 영화가 보여준 사람들이라 해야 옳겠다. 지금까지 내게 가장 무서운 영화는 ‘떼시스’였다. 폭행, 살인, 강간 등을 실제로 찍어 만든다는 ‘스너프 필름’을 소재로 다룬 그 영화가 그다지도 무서웠던 이유는, 겁주는 존재가 귀신이나 괴물이 아니라 ‘사람’이었기 때문이고, 그것이 가상의 이야기가 아니라 이 세상 어느 구석에선가 자행되고 있는 사.실.이기 때문이었다. 그런데… 그래서… 이제 나에게 가장 무서운, 아니, 공포스러운 영화는 '엑스페리먼트'가 되었다.

대가를 받기로 하고 실험에 참가한 스무 명의 사람. 여덟은 간수가 되고 나머지 열둘은 죄인이 되어 감방에 갇힌다. 이 간단한 '역할 놀이'에 성실히 임한 결과가 얼마나 참혹한 결과를 가져오는지, 실험 참가자들은 물론 실험을 주재한 박사조차도 예상할 수 없었다.

이제 멈출 수는 없다. 죄인 측이건 간수 측이건, 실험에 참가한 사람들 대부분이 스스로를 통제할 능력을 잃고 나자, 상황은 마치 브레이크가 고장난 채로 내리막길을 내닫는 자동차처럼, 어디든 부딪쳐 산산조각이 나기 전까지는 멈출 수가 없게 돼버린 것이다. 끝까지 가는 수밖에. 그 끝에 결국 모두 만신창이가 될 것을 뻔히 알면서도, '이렇게까지 하고 싶지는 않았는데…'라고 울부짖으면서도……!

마침내… 모두 갈기갈기 찢긴 후에야 실험이 종료된 순간, 주어진 역할에 누구보다 최선을 다했던 간수 측 주인공이 '다 너 때문이야'라고 말하는 순간, 나는 걷잡을 수 없이 눈물이 쏟아지기 시작했다. 선혈 낭자한 그 한가운데에 서서, 나는 몹시 떨며 눈물을 한참 흘렸다. 열 손가락 끝이 바들바들 떨렸고 관자놀이의 혈관도 팽팽하게 부풀어 올랐다.

정말… 극심한 공포였다.

내가 그 영화에 그렇게 몰입된 이유는 무엇일까. 분명치는 않지만, 그 상황들이 그저 영.화.로 느껴지지 않았기 때문인 듯하다. 부모를 토막 내 심장을 베어 먹었다는 어느 명문대생의 패륜, 모욕감에 수업 시간에 들어가 친구를 수십 번 찔러 죽인 중학생, 길 가던 사람들까지 싹

싹 죽이고 권력을 장악한 어느 장군… 영화에서 나는 그들을 보았던 것이다. 타고난 악인이어야만 가능할 것 같은, 백 번을 다시 생각해도 도저히 이해되지 않았던 그들의 광기가, 분노가, 결코 '남다른 것'이 아니라는…….

심리학을 전공한 친구의 말을 들으니, 전기 고문을 하게 하는 실험이 한때 실제로 행해졌다고 한다. 상대가 틀린 대답을 할 때마다 조금씩 전압을 높이라 지시하고 고문받는 사람이 고통스러워하는 모습을 볼 수 있게끔 해놓았더니, 처음엔 '도저히 못할 짓'이라며 저어하던 사람들이 나중엔 무려 450볼트(V)까지 전압을 높였다는 것이다.

그 실험이 보여주는 사실은… 사람은 결국 나보다 우위에 있는 자의 명령에 복종하고 순응하게 되어 있다는 것이라고 한다.

영화의 실험도 처음엔 그렇게 시작됐다. 정해진 규칙대로… 주어진 역할대로… 그러나 그 이후, 자신에 의해 고통받는 사람을 빤히 보면서 450볼트(V)까지 전압을 높일 수 있는, 영화의 중반 이후를 미친 듯이 몰고 가는 그 저력(?)은, '힘있는 자'와 '무력한 자'가 명백히 갈라진 바로 그 순간 그대로 폭발해 버린 사람들의 내재된 '폭력성'이 아닐까 하는 생각이 든다.

그러고 보니 역시 '성악설'이 맞지 않은가 싶다. 그리고 그 타고난 악마가 힘을 잃고 찌그러지느냐, 어느 순간 악의 화신으로 부활하느냐는 전적으로 '사람'에게 달린 것 같다는 생각도 든다. 그저 순하고 착실하기만 하던 간수 측의 주인공이 심한 모욕감을 느낀 후부터 눈빛이 달라지기 시작한 것이나, 친구라고는 단 한 명도 없던 겁쟁이 죄수가 편지 쓸 주소를 건네준 사람을 위해 목숨 걸고 목소리를 높이던 것만 봐도 그렇다.

내 안에 악마가 있고… 내가 다른 사람의 악마를 깨워 일으킬 수도 있으며… 혹은 자장가를 불러줄 수도 있고… 다른 누군가도 내게 그럴 수 있다는… 이런 동화 같은 나의 감상이 만약 사실이라면, 참으로 아이러니컬하고도 흥미진진하지 않은가.

사람이 사람을 악마로도 만들고 꽃보다 아름답게도 만드는 것 같다. 너무 도덕 교과서 같은 결론인가 싶기도 하지만.

사실 '청춘'이란 얼마나 낯간지러운 것이냐. 최남선의 詩에나 나올 법한, 피 끓는 젊음으로 그려지든, 발랑 뒤집어지다 못해 거꾸로 서서 높이뛰기 하는 괴물들로 그려지든, 청춘이 주연인 영화는 제일 먼저 청춘들에게서 외면받는다. 그리고 그 다음엔 청춘을 통과한 어른들에게서 외면받는다. 저마다 심장 한구석에 묻고 있는, 언제든 건드리면 와르르 터져 버리는 모세 혈관 같은 것이지만… 그래도 다들 애써 외면한다. 그건… 아마도 청춘은, 日記 같은 것이기 때문이 아닐까 생각해 본다.

누구나 겪는 시절이지만 또 저마다에게 각별한… 내보이기 싫은 것, 누군가 들여다보면 순간 화가 치미는 것, 혼자 들여다보기에도 뒤통수가 화끈거리는 것, 하지만 소중한 것, 그립기도 한 것… 모르겠다. 정말 얼른 한 생각이다.

암튼, 그래서 영화 〈청춘〉도 보지 않았다. 볼 생각도 않았다.

게다가 이 영화의 컨셉은 '性'이다. '性에 매혹된 시절'… 예쁘고 젊은 배우들이 나와서 줄기차게 섹스를 벌이는 것이다. 예고편도 온전히 그것뿐이었고 개봉 당시 홈페이지도 첫 경험, 키스, 섹스… 이런 것들로 구성돼 있었다. 그래서 흥미가 일지 않았다.

사람들도 그랬을 것이다. 그런 것에 흥미가 있어 보는 것이라면 차라리 대놓고 벗어부친 영화들을 보지. 스토리 같은 것 신경 쓰지 않고, 머리 굴리지 않고, 공연히 지나간—혹은 겪고 있는—청춘을 건드려 심란해질 필요도 없이. 그래서 이 영화는 예상대로 조용히 묻혀졌다. 곽지균 감독이 직접 발로 뛰며 열심히 홍보를 했지만, 극장에서 금세 내려지고 말았다.

그런데 오늘 내가 청춘을 본 것은… 순전히 비가 와서고… 손에 짐이 많았기 때문이고… 비디오 가게에 들어섰을 때 제일 먼저 눈에 띄었기 때문이다. 정말 그뿐이다. 하지만 그것도 인연인 걸까…….

영화 〈청춘〉은… 주제는 진부하다. 첫사랑에 목숨 거는—그야말로—김정현과 상처 입은 첫 경험 이후 스스로를 내버리는 김래원이, 청춘을 상징하는 터널로 들어서며 말한다.

"그건 정말 섹스만의 문제였을까?"

그리고 마지막, 험난한 청춘의 통과 의례를 지나고 나면 이젠 터널을 빠져나오면서 독백한다.

"그건 섹스만의 문제는 아니었다."

그것으로도 부족해서 조신하고 아름다운 여교사로 나오는 진희경이 친절하게 덧붙여 준다.

"너는 아직 젊어. 웃으면서 앞만 보고 가는 거야."

사건은 단조롭다. 표현 방법은 식상하다. 그림은 예쁘다. 봄은 봄 같고 여름은 여름 같고 온실은 온실 같고 학교는 학교 같고 침대는 침대 같다. 음악은 평이하다. 근데 좋다. 'Oldies but Goodies' 딱 그렇다. 그래서 한마디로 어떻다는 거야? 하고 물으신다면, 영화 내내 김래원이 답해준다.

"나쁘지 않군."

나쁘지 않다. 그렇게 진부하고 통속적이고 익숙하고 낯간지럽고… 게다가 너무나 안일하게 끝나 버리는데도. 마지막 장면에서 김래원이 배두나에게 공중전화로 전화를 건다. 그리고 울면서 계속 그녀의 이름을 부른다.

"남옥아―! 남옥아―!"

그건 무라카미 하루키의 〈노르웨이의 숲〉의 마지막 장면 아닌가. 와타나베가 수화기를 들고 끝도 없이 미도리의 이름을 부르던. 역시 나쁘지 않다. 김래원이 너무 예쁘다. 김정현도 예쁘다. 배두나도 예쁘다. 청춘을 지난 지 이미 오래되었으나 그들을 예쁘게 그려낸 곽지균 감독도 정말 예쁘다. 그리고 그 청춘들이 줄기차게 입고 나오는 청바지! 눈이 시도록 파란 청바지… 지금 내 마음을 열면, 파… 랄 것 같다.

밖엔 여전히 추적추적 궂은 비 내리고 을씨년스럽기만 하지만. 청춘. 그 뒤에 느낌표 몇 개쯤 달아주면 어떠리. 부끄럽지 않다. 화나지 않는다. 적어도 지금은.

오랫동안 숙제처럼 미뤄뒀던 〈춘향뎐〉을 봤다. 앗, 재밌다. 그림도 아름답고, 춘향가 완창을 듣는 쉽지 않은 기회를 갖게 된 것도 기쁘고, 왜 저 친구들을 뽑았을까 싶었던 신인 배우들도 아주 적역이었다. 연기 초짜들을 끈기있게 가르치며 그만큼 찍어내신 임 감독님의 역량에 기립 박수를!

뿐 아니라—코흘리개도 다 아는 마지막 엔딩에서 눈물까지 글썽인 건 내 오버였다 치더라도—영화 자체만 놓고 봐도 충분히 재밌었다. 그리고 감동적이었다. 우리에게도 그렇게 버젓한 뮤지컬이 있다는 사실. 자랑스럽더라.

"임 감독님은 어른이세요. 아주 큰 어른이시죠……."

김대승 감독의 말이 새삼 와 닿았고 고개가 끄덕여졌다. 그리고 그

큰 어른 밑에서 8년을 착실하게 배운 사람에게도 믿음이 갔다. 임 감독님의 노련함과 장인 정신에 김 감독의 젊은 감각이 더해지면, 〈번지점프를 하다〉, 괜찮을 것 같다.

습작노트

최근 어느 겨울. 나에게 시집을 한 권 사주면서 첫 페이지에 그렇게 적어 넣었다.

'더 이상 내게 詩集을 사주는 사람이 없을 때, 나는 불행하다고 느낀다.'

하지만 좀 더 정직하게 말하자면,

내가 더 이상 詩를 쓸 수 없다는 사실을 깨달았을 때, 불행하다.

어떻게 나는 그때, 詩를 쓸 수 있었을까. 겨우 그 정도라도.

습작 노트들을 뒤적이다 보니 詩에 대한 고민을 꽤 했던 모양이다.

詩에 관해 통렬히 고민한 흔적이 곳곳에 있었다.

지금 내가 詩에 관해 고민하는 것이란, '나는 더 이상 詩를 쓰지 못한다' 는 것뿐이다.

　　그래도 감사할 일은, 여전히 내게 시집을 사주는 친구가 있어서
간간이 행복하다는 것.

갈구

詩를 쓰고 싶다.

꾸움틀꾸움틀 숨 쉬는 혼령과
시린 심장 한 조각을 가진.
고스란히 비치어
외려 제 스스로 벌거벗게 하는.
예견된 핏빛 추락
이카루스의 비상 같은.

아아,
나는 실핏줄 하날 끊어 쓰고 싶다.

詩를 쓰.고.싶.다.

—1989년 作

고2. 어찌됐든 詩라고 부를 수 있는 것으로는 난생처음 썼던 것인데, 당시 인기 라디오 프로그램이었던 〈별이 빛나는 밤에〉의 백일장(?)에서 주간 장원, 연말 우수상을 타는 기염을 토했다.

부상으로 청바지 상품권이 주어졌는데, 청바지 한 벌이 한 달 쌀값이라고 한창 떠들썩했던 고액의 'G' 청바지였다. 그 상품권의 액면가를 본 친구가 '학생한테 이렇게 비싼 상품권을 주면 어떡해—'라고 정색을 하고 말해서 깔깔 웃었던 기억이 난다.

'뭐야, 학생주임 같애—' 하면서.

어떻거나, 나이 열여덟에 詩를 팔아 청바지를 한 벌 산 셈이다. 하하.

病 · 1

오후의 해는

부끄럽도록 나를 길게 늘여놓고

無

책임하다.

딸꾹질처럼 튀어나오는 ㅁㅁ은

서둘러 웃어버리고

두 다리는 꽃무덤, 낯설게 서성인다.

"넨장할, 예쁘기도 하여라."

—1991년 作

※詩作 NOTE

　이제 곧 도사렸던 하루가 이마에 띠를 두르고 일어나 손 닿지 않는 등 한구석에 매달리면 오늘도 이십 년 내내 차도가 없는 病이 일곱 번쯤 도질 테지만 나는 이제야 정말 병들 것이다. 상처 입고 순진하게 아픈 표정 지으면서.

　나이를 먹어도 멈추지 않는 선혈 낭자한 生.

3月

먼지앉은정석호에 보푸라기같은 해 조금 떠있었어.

낡은형광등처럼껌벅대면서 줄곧따라오더란말이지.

새라도한마리날아오를듯 지독히도 예감을풍기더군.

자살이많다는봄은 공포스럽도록꾸물대는데

서둘러발가벗겨진마음으론아무것도할수없어.

덩그라니앉혀져 헤—————죽이웃는데 그만,

와르르 쏟아지는

3月.

—1992년 봄 作

※註:정석호. 인하대학교 후미진 곳에 있던 작은 연못.

10월, 통일광장에서

5개월쯤 전에 그는 거기에 있었다.

주인공이었는데 씩씩하고 겁이 없었다.

보름쯤 지나서 그는 막걸리와 파전 한 접시에 쫓겨났다.

그제, 그가 거기에 서 있었다.

인사를 하려다가 강의가 있어서 그냥 갔다.

어제, 그가 젖은 담배를 물고 거기에 앉아 있었다.

성냥을 건네려는데 누가 부르는 것 같아 뛰어갔다.

지금, 그가 비 맞으며 거기에 누워 있다.

강의도 없고, 누가 부르지도 않는다.

우산을 위안 삼아 그에게 다가간다.

“오랜만이에요. 비가 많이 오는데 여기서 뭘 하세요?”

“기다려요.”

“누구를?”

“5월을요. 5월이 되면 다시 일어날 수가 있거든요. 그래서 한때는 5월
이 희망이었지만 지금은 습관일 뿐이죠.”

이제 5월이면

새로운 열기가 노장들의 뒤통수를 향해 더욱 가열찬 ‘진짜 노동자4’
를 만들어 세울 테고

노장들은 처세술을 한 줌 털어 넣으며 이곳을 지날 것이다.

지금은 10월.

이곳엔 추운 비 내리고 '진짜 노동자3' 이 젖어가고 있다.

—1991년 10월 作

깃발

광장은 식은 밥처럼 무럭무럭
투쟁이라고.
촛불 두 개 밝혀진 지하엔 흔들흔들
문학이라고.
찬 벽지 위에 어지러운 머리는 괴물만해서
주사위 놀 듯 세상을 할 듯했으나
사력을 다해 치켜든 건
고작 소주잔 하나?

"모가지가 너무 길어. 머리와 발은 이제 더 이상 만날 수 없을지도
몰라.
왜, 내가 또 이런 투로 말하는 게 불만이야?
그럼, 이건 좋니?"

『오로지 맑고 곧은 이념의 푯대 끝에
절망은 가마귀처럼 날개를 펴다』

—1992년 3월 作

대학에 입학하고 난 후 나는 줄곧 데모였다. 당장 학과 내에 문제가 있어서 거의 1년 내내 전공 수업을 빼먹고 학교 여기저기에 모여서 시위를 했었다. '비리 교수 ○○○ 물러가라!' 그런 내용의 시위였는데, 과 내 문제 말고 대외적으로도 강경대 군(君) 구타 사망 사건 등으로 젊은 혈기들이 분개할 일이 많이 있었다.

차가운 바닥에 엎드려 대자보도 꽤 많이 썼고, 피를 철철 흘리며 혈서를 쓰는 동기들 모습에 여학우들이 끌어안고 울던 기억도 선명하다.

특히나 앞에서 선창하던 노래패 학우들의 데모가(歌)는 허파와 심장을 확 부풀어 오르게 하는 드라마틱한 힘이 있었는데, 그중에서도 '진짜 노동자3'과 '바쳐야 한다'를 좋아했었다(그중에서 '바쳐야 한다'는 SBS 미니시리즈 〈첫사랑〉에서도 한 소절 불렀다. '사랑을 하려거든 목숨 바쳐라. 사랑은 그럴 때 아름다워라. 술 마시고 싶을 때 한 번쯤은 목숨을 내걸고 마셔보아라…' 스무살의 풋내 나는 심장을 뒤흔들기에 아주 적절하게 선동적이지 않은가).

그러나 어떤 본질보다 대의명분을 더 중요시하고 다른 의견을 가진 사람은 철저히 배타하는, 소위 '운동권'의 그 편협함에 점차 싫증이 나고 삐딱해지면서 나는 점점 열외로 빠지기 시작했다. '10월, 통일광장'에서는 그 첫 번째 삐딱선인데, 이 詩를 읽은 선배(운동권)가 면담 좀 하자고 계속 불렀던 기억이 난다.

그 이듬해 쓴 '깃발'은, 밖에는 최루탄 가스와 화염병이 난무한데 지하 동아리 방에서는 촛불을 밝히고 소주병을 기울이며 뜬구름 잡듯 문학에 관해, 자살한 어느 시인에 관해 논쟁 아닌 논쟁을 했던 어느 날,

집에 돌아와 쓴 詩다.

그날 함께 소주잔을 기울였던 선배가 이 詩를 읽고서 얼굴을 붉히며 '힘이 있다. 부끄럽게 만드는 힘'이라고 하던 얘기가 잊혀지지 않는다. 그 선배로서는 어떤 뜻이었는지 몰라도 지금의 내겐 굉장히 든든한 격려가 된다, 뒤늦게.

나는, 힘있는 글쟁이가 되고 싶기 때문이다.

지금, 감상中

착한 눈빛으로,

마음은 많이 급한데.

온전히 벌거벗고 싶지만

부끄러움은 걸쳐져 ―혹은 두려움.

보여진 이후, 느낌의 벽.

또한 반짝이고 싶기도 ―자꾸만 부딪히고.

저기 봄 한가운데 서 있는 겨울.

명치 끝으로부터의 예감 ―갖고 싶은,

가질 수 있는

사람들

"나 詩人 아냐."

―들킨 도둑처럼.

아아.

여기 詩를 쓰는 사람들.

아름다운 사람들.

여기 詩를 쓰는 아름다운 사람들.

―1992.식목일. 문학회 M.T. 中에

※詩作 NOTE

　스무 살 무렵의 나는 상당히 적나라했었다. 어느 선배는 나를 '탱크주의'라고 불렀다.

　불쌍한 사람들을 구원해 달라며 십자가를 지고 맨발로 걷는 것과 배고픈 사람들에게 밥을 지어 나눠 주는 쪽, 어느 쪽이 천국에 들어갈 일인가. 동아리 방에 앉아서 문학으로 뭔가 부르짖겠다고 떠드는 건 정말 웃기는 짓이라고 말하기도 했었다. 생각해 보면 꽤나 시건방지고 겁이 없었는데, 가끔은 그때의 그 탱크가 그립기도 하다. 아주 가끔.

　좌우간, 그래서 선배들 사이에서 나는 꽤나 대하기 어려운 후배에 속했는데, 그래도 지금껏 그들과 끈끈한 연대감을 유지하고 있는 것은 그런 내 독설 밑바닥에 애정이 끓어 넘치고 있다는 걸 알기 때문이려니. 그들에 대한 애정. 詩에 대한.

　아울러 그런 이중적인 나 자신에 대한 자아비판이었음을.

病 · 3

날개는 하늘에 있고
발은 땅 위에 있어서
신발 속엔 늘 바람이 새었다.

배가 고프면
날개마저 진흙 위를 질질 끌고 다녔다.

"…이젠 그만 환상에서 깨어나야 합니다."
믿을 만한 컴퓨터가 가격도 저렴하게 충고해 주었지만
발가락이 길어지는 약은 어디에서도 팔지 않는다.

날은 추워지고
신발엔 바람이 숭숭 새는데
발가락 열 개에 힘을 주고 걸어도
벗겨지지도 않는 신발은 크기도 하다.

—1992년 11월 作

※詩作 NOTE

내 詩는 의식 결여. 현실 부재. 무가치.

그냥 낙서장에나 구겨 넣으면 꼭 맞는.

말장난. 언어 유희. 감정의 사치.

알아. 그렇다는 것도 알고 그래서는 안 된다는 것도 알고 정말이지 그러고 싶지도 않아!

근데. 그게 또 어디 맘대로 되든?

난 이제 더 이상 말장난하고 싶지 않고, 언어유희를 즐기고 싶지는 더욱 않고, 숨기고 감추고 잔인하게 가위질당한 영화처럼 멍청한 글을 詩랍시고 내보이기 싫다.

한때는 내게 발가벗을 용기가 없다고 생각했었다. 물론 그 이전에는 군중들의 수준을 운운하기도 했지만.

어쨌거나 난 더 이상 詩를 쓸 수가 없다!

제발, 누구에게 무릎 꿇고 빌어서 가능한 거라면 그렇게라도 하겠어. 이건 놀음이야!

'도무지 이해할 수가 없어' 라는 비난 속에 쓰레기통에 던져진 한 편의 詩=나.

해부도 I

오늘 또 돌막 맞았다.

제대로 여물지도 못한. 그래서 더 슬프고 아픈.

사람이 싫은 하루였다.

정말이지 세상 사람들이 다 그렇다면 나는 칵 죽어버릴 것이다.

그래도. 그래도… 하는 가능성을 버리지 못하고

누군가 나를 불에 덴 듯 감동시켜 주기를,

사랑해서 못 견디게 만들어주기를 바라고 있다.

물론.

그전에 나는 나를 열어 내보일 줄 아는 용기를 키워야 한다는 걸 알
고 있다.

그러나 내보인 이후의 그 벽.

몰이해로 인한 상처는 번번이 단단하고 깊어만 간다.

나는.

살인자도 사랑할 수 있지만

일단 마음 밖으로 밀어내면 천사조차 증오할 수 있다.

네가 천사였더라도 이제부터 나는 네가 싫다.

내 마음속에서 너의 죽음을 조상(弔喪)한다.

해부도 Ⅱ

'~답다'는 말만큼 갑갑하고 울컥! 해서 정말이지 뭐든 내질러 보고 싶도록 만드는 말도 없다.

고 내가 말하면, 당신은 내게 이렇게 말할 수 있다.

"네가 못돼서 그래."

후후. 그래. 그렇다면 그 말 앞에 이런 사족을 달겠다.

'적어도'.

적어도 내겐 그렇다.

왜 그렇냐고 물으면… 논리적으로 설명하기는 힘든 거고… 그냥, 내 '감정의 폭풍' 중의 일부.

바로 그것. 주기(週期)가 변덕스러운, 나로서도 예측 불허인 또 하나의 나를 죽이는 일만이 내게 언제나 내려져 있는 '폭풍 주의보'를 해제하는 방법이란 걸 알고 있다. 그러나.

바로 그 내가 암살되는 순간, 그 외 '대부분의 나'도 생매장될 것이란 것도 알고 있다.

그것을 어떤 사람들은 '성숙'이라고 말하기도 한다마는.

해부도 Ⅲ

살고 싶을 때는 살고
죽고 싶을 때는 죽고
───────────────그럴 수 있다면 좋겠다.
냉동실에 넣어두었다가 조금씩 꺼내서 녹여가며 살 수 있다면 미울
것도 싫을 것도 나쁠 것도 하찮은 것도 없을 텐데.
개도 안 걸린다는 오뉴월 감기에 걸려 버렸다. 바보같이.
눈도화끈거리고콧물도연신흐르고목도까끌까끌하고마음은가시나무.
좋은것도싫은것도그리운것도설레는것도
없. 다.
아프다.

해부도 Ⅳ

벌써 사흘째다.

이러다가 몸속의 수분이 모두 빠져나와 말라 죽는 게 아닐까 싶을 만
큼 날마다 눈물이 뚝뚝 떨어진다.

친구들과 담소하며 걷고 있는 와중에도 눈물이 말갛게 고이고, 강의
중간에도 문득 울컥! 하고, 화장실에서 볼일 보는 잠깐 새에도 엉엉 울
었다. 어처구니가 없다.

때 아닌 사춘기냐. 그렇다고 치자. 그렇지 않다면 이건 병이다.

해부도 V

하루는 온몸의 신경 세포들이 일제히 곤두서서

누가 살짝만 건드려도 그대로 터져 나갈 듯하고

또 하루는 절인 배추처럼 늘어져서 칠순 노파 같고.

그렇게 감정 주기의 진동이 심한 것은……

…힘든 일이다.

나도 힘들어 죽겠고,

내 곁에 있는 사람도 얼마나 힘들겠냐고.

날 좀 죽이자.

한때는 이런 결론이 너무 힘들었고 도저히 받아들일 수 없었지만 이젠

얼마간 가능할 것도 같다.

조용조용히, 가만가만히.

한결같음. 깊숙한 울림.

이젠 그런 울림, 그런 눈동자를 가져야 할 때다.

10대의 동요와 어설픈 狂氣를 온전히 버려야 할 때다.

가차없이 내던질 것!

—1992년 6월~10월 作

그림처럼 화창한 오후,

나는 날씨에 감격해하면서 젊음과 문화와 그럴듯한 자유가 뒤섞인 혜화동의 한 노천 카페에서 음료를 마시고 있다.

마주 앉은 친구는, 뒤통수만 보이기 때문에 그가(혹은 그녀가) 누구인지는 중요치 않다.

중요한 건, 햇빛을 받아 빛나는 내 표정.

그래서 마침 지나가던 TV의 한 취재 패거리의 눈에 띈다.

카메라맨이 내 앞으로 와서 예쁘게 앵글을 잡으면, 리포터가 마이크를 들이대며 묻는다.

억양은 다소 상기되어 있다.

"어떤 사랑이 완전한 사랑이라고 생각하세요?"

"완전한 사랑이요?"

나는 되묻지만, 난처해하거나 몰라서 묻는 것은 아니다.

오히려, 질문에 대한 정답을 알고 있다는 듯한, 그러나 거만하지는 않은 말투로 되묻는다.

"네, 그러니까 어떤 사랑을 하고 싶으세요?"

미처 나의 속뜻을 간파하지 못한 단순한 리포터가 설명이랍시고, 해준다.

"음, 글쎄요… '날씨 같은 사랑' 이요……?"

말끝을 조금 올리는 건, 약간의 겸손함을 보이기 위한 트릭이다.

"날씨 같은 사랑이요?"

리포터도 역시 되묻는다. 그러나 그녀는 정말 모르기 때문에 되묻는다.

"날씨만큼 늘 새롭고, 그러면서 또 한결같은 것도 없는 것 같아요."

날씨 같은 사랑

"전 벌써 27년째 초여름을 맞고 있지만, 제 기억으론 27번의 여름 모두 달랐어요. 그렇다고 뭐 그렇게, 뾰족하게 특별한 사건이 있었던 것도 아니거든요? 매해 봄도, 가을도 그리고 겨울도 마찬가지예요. 저는 지금껏 27번의 봄과 27번의 여름, 그리고 27번의 가을과 겨울을 보냈죠. 계절만이 아니에요. 하루만 해도, 매일매일의 날씨는 늘 새롭죠. 그렇다고 오늘 해는 파랗고 내일 노란 비가 내리는 것도 아닌데 말예요. 하루에도 서늘한 아침부터 찌는 듯한 한낮 그리고 저녁엔 다시 약간 끈적거리는 바람이 불어요. 정말, 정말 신기해요."

이쯤이면, 취재 패거리들은 물론이고 TV를 시청하는 사람들도 모두, 나를 주목… 할 것이다.

"비는 일주일에도 서너 차례씩 내리지만 폭염 속에 갑자기 뒤통수를 치듯 쏟아지는 소나기는, 벌써 수백 번 당한 일인데 언제나 놀라요. 그리고 감정이 변하죠. 날씨에 따라 옷을 갈아입기도 하고, 머리를 틀어 올리기도 하고, 또 우산 색깔을 바꾸기도 하죠. 가끔 심한 날에는, 3년 동안 사귀던 남자 친구에게 아무 이유 없이 결별을 선언한 적도 있어요."

"그랬어요? 날씨 때문에요?"

리포터가 또 되묻는다. 그녀는 정말 모르기 때문에 묻는다.

"네. 그것도 전화루요. 그리곤, 아니, 그러고도 후회하질 않았어요."

나는 조금 웃는다.

"그날그날의 날씨만큼 새롭고, 또 강한 건 없는 것 같아요. 우리 사랑이 그날그날의 날씨만 같다면, 100년을 마주 보고 있는대도 싫어지지 않을 것 같아요. 권태니 싫증이니 하는 건, 있을 수 없죠."

나는, '없겠죠' 가 아니라 '없죠' 라고 말한다. 거만하게도.

그러나 모두들 이제쯤이면, 그렇군— 하고 고개를 끄덕인다.

"그렇지만, 실제 생활 속에서의 사랑은 그렇지 못하겠죠?"

리포터는 무려 서운하다는 듯한 말투다.

"그래요. 아쉽게도. 실제 사랑은… 음… 마치 갓 구워낸 빵 같아요."

"갓 구워낸 빵이라구요?"

리포터는 스타카토로 또 되묻는다. 그녀는 정말 아무것도 모르기 때문에 자꾸 묻는다.

취재 패거리는 이제 내게 모든 것을 맡기고 있는 듯 보인다.

마치, 사랑에 관하여 날 취재 나온 것 같다.

갓 구워낸 빵 같은 사랑

"갓 구워낸 빵… 일테면 이만한 식빵 같은 거요."

나는 두 손을 들어 적당한 크기의 둥근 식빵 한 덩이를 그려 보인다.

"아, 네……."

리포터도 날 따라 두 손을 들어 둥근 식빵 한 덩이를 그려 보인다. 그려 보이려고 하지만 영 안 된다는 듯이 미간을 조금 찌푸린다. 그녀는, 용한 점쟁이라도 찾아온 심약한 노처녀 같다.

"갓 구워낸 빵… 겉은 노릇노릇하고 딱 적당하게 바삭바삭한 빵이어야 해요. 그러면서도 속살은 너무나 보드랍고, 따뜻하고, 담백하고, 감칠맛이 나죠. 그런 빵… 너무나 먹음직스러워서 식탐있는 아이처럼 빵을 뜯어 먹기 시작해요. 그 순간부터 빵의 모습은 달라지기 시작하는 거잖아요? 물론, 조금씩 맛도 변질되죠. 처음, 빵 한 조각을 뜯어 혀끝에 녹여 삼키던 그 맛보다 더 훌륭한 맛은, 빵을 다 먹어치우도록 다시는 맛볼 수 없죠. 어쨌거나, 주어진 빵을 다 먹어버리고 나면 남는 건, 바싹 말라 버린 빵 부스러기뿐이죠. 사랑은… 그렇게 변질되고 변형되면서 결국엔 처음 갓 구워져 나왔을 때의 빵을 추억할 수 있는 약간의 여력만 남는 거… 아닌가요?"

리포터는 들릴 듯 말 듯 한숨을 폭 내쉰다.

카메라맨과 PD는, 카메라를 삼발이 위에 고정시켜 놓고 리포터 옆에 와 내 이야기를 경청하고 있다. 시청자들 역시 몇 조각 남은 사랑의 부스러기들을 주워 입에 넣으며 내 이야기를 듣고 있다.

"시간이 지나면서 남은 빵 쪼가리조차 까끌까끌하게 말라비틀어져 입천장을 긁을 정도가 되면, 남은 일은 과감하게 그걸 갖다 버리는 것뿐이에요. 행여라도, 마치 무슨 열렬한 낭만파 시인이라도 되는 것처럼 그 썩어버린 빵을 먹었다가는 탈이 날 대로 나서 앞으로 빵이라면 쳐다보기도 싫을 만큼 넌더리를 내게 되거나, 혹은 빵이란 건 본래부터 그렇게 썩어 빠진 거라고 위험한 단정을 짓게 될 수도 있어요, 심하면."

나는, 한마디 덧붙인다. 적어도 추억은 가질 수 있는 편이, 위험하고 편협한 아집에 빠지는 것보단 낫단 얘기죠, 라고.

"그럼, 태양 같은 사랑은 어때요?"

잠자코 듣기만 하던 PD가 불쑥 묻는다.

"난 늘, 그런 강렬한 사랑을 동경해 왔거든요. 그런 열정적인 사랑. 죽기 전에 그런 사랑 한 번만 해본다면 소원이 없겠어요."

PD가, 자신도 모르게 질문을 던진 것이 조금 부끄러웠는지 코를 조금 문지르면서 덧붙인다. 이 사람은 쑥스러우면 코를 문지르는 버릇이 있군, 하고 나는 생각한다.

"그래요. 태양은 빵처럼 변하지 않으니까. 언제나 그렇게 뜨거우니까."

카메라맨도 한 수 거든다.

태양 같은 사랑

어떤 게 태양 같은 사랑일까― 나는 잠시 생각해 본다.

하긴, 나도 꽤 오랫동안 태양 같은 사랑을 꿈꿨었다. 정열적인, 앞뒤

없이 무작정 내닫는, 짐을 잔뜩 싣고 내리막길을 굴러가는 손수레처럼.

그러나 그 끝은, 전신주든 담벼락이든 부딪쳐서 산산조각나는 거 아닌가요?

누군가 그런다. 사람들이 '후후―' 하고 약간씩 웃는다.

"태양은 늘 뜨겁고, 이글거리고… 그래서 결국엔 뜨거운 줄도 모르게 될걸요."

이를테면… 그래, 이를테면 어떤 것이 태양 같은 사랑일까.

길을 걷다가, 혹은 버스 안에서 벼락이라도 맞은 것처럼 첫눈에 반해 열흘을 무턱대고 기다려 다시 맞닥뜨리고, 그리고 그 길로 서로에 대해 아는 것도 없이, 아니, 알고 싶은 생각조차 없이 끌어안고 섹스를 나누면, 그런 것이 태양 같은 사랑일까.

내 생각은, 조금 길어지기 시작한다. 그래, 그것참, 한편으론 부러운 사랑이구나.

나는 눈물이 고인다.

"하지만 그 다음이 영 잡히질 않아요. 이후 그 둘은… 어떻게 살아야, 그 태양 같은 사랑을 지킬 수 있을까요? 그제야 뒤늦게 상대에게 단답식 질문을 던지며 서로를 알아가기 시작해야 할까요? 이름은 뭡니까. 좋아하는 색깔은 뭐죠? 영화 볼 돈이 있으면 차라리 그 돈으로 맥주를 마시겠다구요? 저런… 하면서? 아니면, 그런 대화를 나눌 기력이 있으면 차라리 그 힘으로 섹스나 한 번 더 나누는 것이 방법일까요?"

나는 묻기 시작한다.

"태양이 늘 뜨겁고 눈부셔서… 오늘 해[日]도, 어제 해도, 10년 전 해나 10년, 100년 후의 해도 늘 그렇게 뜨겁기만 해서… 그래서 사막에는… 꽃도 없고, 물도 없는 건가요……?"

나는, 말하면서 내게 묻는 것 같기도 하다.

"남는 건, '이스트 팩' 배낭뿐이겠군요."

나는, 묻다가 지쳐, 웃고 싶어져서 농담을 해버린다.

와아— 이번엔 다들 유쾌하게 웃는다.

"그럼 어쩌죠? 당신이 말하는 '날씨 같은 사랑'은 현실적으로 불가능하고, '빵 같은 사랑'도 '태양 같은 사랑'도 남는 건 건조한 빵 부스러기나 모래밭뿐이라면, 우린 도대체 사랑을 할 수 없는 건가요?"

아아뇨. 내가 다시 얼굴에 미소를 되찾으면서 크게 설레질을 한다. 아아, 사랑이라…….

달 같은 사랑

"달 같은 사랑이 있잖아요."

정말로 근심스럽게 묻던 리포터의 얼굴이 다시 환해진다. 사랑에 집착하는 그녀의 모습이 참 아름답다고 나는 생각한다.

"달은, 날씨만큼 늘 새롭지도 않고 태양만큼 한결같지도 않죠. 오늘 저녁 달이나 어제저녁 달이나 올해 보름에 보는 달이나 작년 보름에 봤던 달이나 별반 다를 게 없어요. 하지만 늘 그러려니— 하고 잊고 지내다가 어느 날 무심코 올려다보면, 달은 또 아주 달라져 있거든요?"

"그래요… 오오, 정말 그러네요?"

"사람들 모르게 꽃이 피었다 졌다… 그러는 것처럼요."

누군지 모르게 사람들이 서로 맞장구를 친다. 모두들, 사랑의 희망이랄까 가능성을 찾았다는 표정이다.

"적어도 한 달 간격으로, 달은 찼다가 기울죠. 매일매일 아주 조금씩 달라지면서. 손톱 끝만하게 기울어서 아, 이제 앞으로 달을 보기는 영영 틀린 게 아닌가— 싶으면, 어느새 보름달이 돼 있는 거예요. 그러면 그제야 달의 존재를 새삼 확인하고, 갑작스레 고마워도 하죠. 그리곤 안심하면서 다시 잊기 시작하구요."

"빵보다 낫군 그래. 당최 없어지질 않으니."

담배를 많이 피운 듯한 어느 중년 사내가 거칠게 한마디 한다. 그리곤 지금껏 시원찮은 사랑타령에 귀를 기울이고 있었다는 것을 들킨 것이 못내 창피한지 가래침을 카—악 하고 끌어 올려 탁 내뱉는다. 그래도 사람들은, 기분이 나쁘지 않다. 좋다.

TV 촬영 일패들이 고맙다는, 어울리지 않는 인사를 내게 하고 자리를 뜬다.

시청자들도, 아무렇지 않다는 얼굴로 리모컨을 들어 채널을 돌린다.

나와 내 친구 주변엔 사람들이 제각각 목적을 가지고 다시 오가기 시작한 지 오래다

나는, 얼음이 녹아버려 싱거워진 음료를, 빨대를 빼고 잔을 들어 꿀꺽꿀꺽 마신다.

친구가, 여전히 뒷모습만 보여서 누군지 알 수 없는 내 친구가 손목을 들어 시계를 보면서 말한다. '가자. 영화 시작하겠다'. '그래—' 나는 옆에 놓아둔 가방을 챙겨 든다. 하지만 그래도 친구가 여잔지 남잔지 모르겠다. 어떻든 함께 영화를 보러 간다.

깨진 유리 조각처럼 날카롭게 빛나던 해가 구름에 가려 조금 어둑해

진다. 이래서 나는, 날씨가 참 좋다.

※제목 그대로 1998년 3월 1일 새벽 1시 10분부터 2시 59분까지, 자려고 누웠다 벌떡 깨서 불도 켜지 않은 채 정신없이 써 내려갔던 글이다. 침대에 엎드려 머리맡에 놓인 노트에 볼펜으로 써댔는데, 미친 듯이 써 내려간 뒤 볼펜을 딱 놓는 순간 휴대폰의 액정을 확인하니 2시 59분이어서, 제목을 이렇게 지었다. 다음날 읽어보니 여기저기 허술하고 민망한 부분투성이긴 했어도, 수정한 구절 하나 없이 단숨에 썼다는 것에 점수를 좀 주고 싶었다. 지금까지 이런 날이 꼭 두 번 있었다. 혹시 그렇게 '필이 꽂히는' 날이 한 번쯤 더 남았다면 그땐 좀 번득이게, 멋지게, 기가 막히게 정수리에 꽂혀주면 좋겠는데.
아, 이거야. 순전히 감나무 아래에 입 벌리고 누워 있는 꼴이로구나.

오늘이 마감날이다.

재작년 이맘때 나 역시 낮이고 밤이고 컴퓨터 자판 앞에 앉아 머리카락을 쥐어뜯었던 기억이 난다. 그때 뽑혀 나간 머리카락만 모아도 가발 하나는 족히 만들 수 있을 거다.

물론 그 대가로 이제는 꽤 잘 나가는 드라마 작가가 되긴 했지만 말이다.

『전철을 탄 여자』, 『투명』, 『소백산을 위한 연가』 제목만 봐도 얼마나 고심들을 했을지 짐작이 간다. 지나치게 생각하다 보면 도리어 유치해지기 쉬운 법이다.

정리를 끝내고 막 퇴근을 하려는데 웬 중년 사내가 숨을 헐떡이며 뛰어들어 왔다.

가슴팍의 두툼한 서류 봉투가 언뜻 보였다. 지각생이군. 마감 시간까지 원고를 끝내지 못해 얼마나 입술이 바작바작 탔을까. 안됐지만 어쩔 수 없는 일이다.

"마감 끝났는데요. 그리고 우편 접수만 받아요."

그의 얼굴은 쳐다보지도 않은 채 재킷을 걸치면서 말했다.

"헉헉… 저… 길이 너무 막혀서… 저기 국회 앞에서 내려서… 헉헉… 여기까지 뛰어왔는데요. 어떻게 좀… 헉헉… 안 될까요?"

그는 동정심을 건드리기 위해선지 점점 더 숨을 헐떡이면서 말했다.

"안 돼요. 사정은 딱하지만."

"어떻게 좀 봐주십시오. 부탁드립니다."

쉰은 되어 보이는 아저씨가 고개를 조아리며 애원을 하니 민망한 노릇이었다.

'그래, 뭐. 뽑히게 해달라고 청탁을 하는 것도 아닌데.'

썩 내키지는 않았지만 나는 그의 노란 원고 봉투를 받아서 원고 박스에 던져 넣었다.

"고맙습니다, 고맙습니다. 정말 고맙습니다."

거울을 보며 머리 모양을 만지는데 거울 속으로 사내가 '방아개비'처럼 꾸벅꾸벅 절을 하는 모습이 보였다. 그 모습을 보고 있자니 그의 지난날들이 절로 상상되었다.

교내 백일장에서 상도 몇 번 탔었겠지. 선생님이나 친구들이 글 잘 쓴다고, 이담에 작가 하라고 한마디씩 했었겠지. 그 지나가는 말들에 우쭐해져서 '그래, 나는 꼭 작가가 되어서 근사한 글을 써야지' 하는 식의 사명감에 불탔었겠지.

 내 안의 미친년 하나 불러내 비 맞으러 나갔다

나는 자못 애잔한 마음이 들어서 뒤늦게 그를 돌아보았다. 여전히 문
앞에 서서 머뭇거리고 있던 사내는 내 시선을 느끼자 흠칫 놀라며 서둘
러 돌아 나갔다. 그런데 그 돌아가는 옆모습이 아주 낯익었다. 고지식
해 보이는 이마며 주먹만한 코…….

나는 그의 원고 봉투를 집어 들고 이름을 확인했다.

'김일남.'

아! 내 기억은 재빠르게 15년 전, 중학교 1학년 때로 달려갔다.

중학교에 들어가니 국민학교—지금은 초등학교로 바뀌었지만—때는
없던 백일장도 열리고, 이것저것 글짓기 대회가 많아서 제법 글재주가
있던 내게는 천국 같기만 했다. 교내에서뿐만 아니라 학교 대표로 교외
백일장에도 참가해서 각종 상을 휩쓸다시피 했던 것이다. 가을에는
'전국 어린이 일기 쓰기'라는 대회도 열렸다. 일기를 한 편 써오라는
국어 선생님에게 나는 일기장을 뒤져 가장 마음에 드는 것을 하나 골라
갔는데 내용은 대충 이런 것이었다.

『낮에 엄마와 함께 시장에 갔었다. '은희 저녁때 뭐 해줄까?' 하는
엄마 물음에 닭을 튀겨달라고 했다. 나는 유난히 닭 요리를 좋아한다.

시장에 있는 닭가게에 들어갔다. 엄마가 '저것으로 한 마리 잡아주
세요' 하고 가리키자 주인 아주머니는 쇠창살로 얼기설기 만들어진 커
다란 닭장 안에서 닭의 모가지를 비틀어 잡아 꺼낸 뒤 들고 있던 칼로
날쌔게 닭의 목을 찔렀다. 그리고는 잠깐 정신을 잃은 닭을 얼른 드럼
통같이 생긴 기계 안에 집어넣고서 뜨거운 물을 한 바가지 부어 넣었

다. 스위치를 누르자 요란한 소리와 함께 닭털이 홈통을 타고 쏟아져 나오기 시작했다.

지금껏 그렇게 많은 닭을 먹어오면서도 상상하지 못했던 장면이었다. 그때였다. 털이 다 뽑혀 알몸이 된 닭이 기계의 뚜껑을 머리로 박차고 밖으로 뛰쳐나온 것이다. 도망가는 닭과 칼을 들고 쫓아가는 아줌마…

"으악—"

나는 비명을 꽥 질렀다.

결국 그 닭은 무사히(?) 잡혀서 우리 집의 저녁 밥상 위에 놓여졌지만 나는 낮의 일이 자꾸만 생각나서 도저히 먹을 수가 없었다. 이리저리 닭 접시를 돌리며 다른 반찬만 먹는데 엄마가 괜찮다면서 닭다리 하나를 내 밥그릇 위에 놓아주셨다. 안 먹겠다고 화를 내는데, 오빠가 그럼 돼지고기나 쇠고기는 어떻게 먹느냐고, 지금 네가 먹고 있는 김치찌개도 돼지고기 넣고 끓인 거라고 면박을 주었다. 하긴 그렇다. 하지만 나는 오빠의 말 때문이 아니라 닭이 하도 먹음직스럽게 보여서 닭다리를 들고 한 입 베어 물었다. 근데… 참… 맛있었다.

결국 나는 그날 저녁때 닭 한 마리를 거의 다 먹어치웠다.」

일기를 다 읽고 나신 선생님은 정색을 하고서 내게 이런 주문을 하셨다.

"끝 부분이 이게 뭐니. 닭을 다 먹어치웠다니. 가서, 닭이 너무 불쌍해서 그날 이후로 나는 닭을 먹지 않게 되었다. 동물의 생명도 소중한 것인데 사람들이 마음대로 잡아먹는 것이 너무 싫다. 사람들이 모두 채

식주의자가 되었으면 좋겠다는 생각마저 든다' 이런 식으로 고쳐 와. 그래야 상 받을 수 있어. 알았지?"

하지만 나는 고치지 않은 채 그대로 대회에 응모했다. 물론 국어 선생님께는 고쳤다고 했다.

그런 식의 교과서적인 결말은 어린 나도 싫었던 모양이다.

한 달쯤 후에 최우수로 뽑혔으니 시상을 하러 오라는 통보가 학교로 왔다.

보는 선생님마다 장하다고, 어쩜 1등을 했냐고 칭찬을 해주셨는데 그때마다 국어 선생님께서는 잊지 않고 한마디씩 거드셨다.

"제가 끝부분을 고치라고 했거든요. 아, 글쎄 실컷 닭이 불쌍하다고 해놓고는 끝에 가서 닭이 참 맛있었다니, 말이 됩니까. 그래 제가 이러 이러하게 고치라고 다 가르쳐 줬지요. 안 그랬으면 1등이 뭡니까. 입선 하기도 힘들었을 거예요."

나는 국어 선생님께 죄송하기도 하고 한편으로는 재미있기도 해서 가만히 있었다.

일이 거기서 끝났으면 좋았을 것을. 문제는 얼마 후에 생각지도 못했 던 '수상 작품집'이 학교로 보내져 온 데서 일어났다. 작품집을 읽으신 선생님들마다 국어 선생님께 이게 어떻게 된 일이냐고 물으셨고 그때 마다 하얗게 질리던 국어 선생님의 표정을 나는 지금도 그릴 듯이 기억 할 수 있다.

그날 이후로 나는 국어 시간에 교과서 한 번 읽을 수가 없었고 어쩌 다 발표라도 한 번 하면 어떻게 해서든지 웃음거리를 만드는 식으로 국 어 선생님은 아주 집요하고도 비겁하게 내게 복수를 하였다. 결국 나는 국어 과목 자체에 흥미를 잃고 국어 시간이면 아예 맨 뒷줄로 자리까지 바꿔 앉아 낙서나 끄적이며 시간을 때우곤 했다.

그날도 나는 연습장을 꺼내놓고 선생님이 내 옆에 서서 내려다보고 있는 것도 모르는 채 국어 선생님의 얼굴을 한참 우스꽝스럽게 그리고 있는 중이었다.

"심은희, 일어나!"

안경 너머로 새빨갛게 핏발이 선 선생님의 두 눈이 보였다.

딱!

쭈뼛쭈뼛 내가 채 일어서기도 전에 솥뚜껑만한 선생님의 손바닥이 내 뺨을 향해 날아왔다.

얼마나 호되게 때렸는지 나는 교실 바닥으로 나동그라졌고 교실 여기저기서 나지막한 비명 소리가 터져 나왔다. 나는 그대로 꼼짝 않고 바닥에 앉아 있다가 수업이 끝나자마자 가방을 싸가지고 엉엉 소리 내어 울면서 집으로 돌아와 버렸다.

그런 류의 참담한 악몽은 학교를 졸업할 때까지 계속되었고 나는 이를 갈며 학교를 다녔다.

그런데 그 선생님이 바로 조금 전에 내게 굽신굽신 절을 하며 원고를 부탁하고 간 것이다. 순간 나는 그 원고를 박박 찢어버리고 싶다는 생각이 불같이 치밀어 올랐다.

아니, 달려가 그를 붙잡고 보란 듯이 인사를 하고서 아무래도 당신 것은 안 될 것 같으니 도로 가져가시라고 하고 싶었다. 예전에도 안 됐는데 지금이라고 다르겠냐고. 그리하여 그의 낯빛이 흙색이 되는 것을 보고만 싶었다. 원고를 쥔 나의 두 손이 바들바들 떨렸다.

"심은희 씨!"

나는 너무나 놀라 기절할 뻔하였다. 돌아보니 옆 스튜디오에서 방금 편집을 마치고 나온 문 작가였다.

"뭐 해? 퇴근하자!"

"아, 그래. 가자."

나는 원고를 도로 박스 안에 던져 넣고 퇴근할 수밖에 없었다.

"이번에 그 사람 됐다면서요?"

"아, 예. 드디어 해냈대요. 벌써 구 년째가요?"

"올해로 십 년째지. 이름만으로는 김수현 씨만큼이나 유명하다니까. 방송 작가 중에 '김일남' 모르는 사람 별로 없을걸."

김일남이라고? 나는 귀가 솔깃했다.

"김일남이라고요?"

"왜, 몰라요? 드라마 작가 공모에 십 년 도전해서 이번에 겨우 턱걸이로 된 사람이에요. 그야말로 인간 승리죠."

나는 등줄기가 오싹해 왔다. 그 원고를 찢어버렸어야 했는데… 아니, 처음부터 받아주지 말았어야 했다.

"어떤… 내용인데요?"

도대체 어떤 글이었을까.

도대체 어쩌자고 그는 이제 와서 나와 동료가 되었단 말이냐.

"글쎄, 뭐. 내용은 그다지 신선할 게 없는데, 끝부분이 괜찮았대요. 어느 유명한 채식주의자가, 강연도 많이 하고, 책도 많이 쓰고, 이거 봐

라, 나는 채소만 먹어도 이렇게 건강하지 않냐, 육류를 많이 먹으면 성
격도 포악해진다… 이러던 사람인데, 어느 날 세미나에 가서 밤에 몰래
닭고기를 먹다가 사람들한테 들킨 거야. 사람들이 놀라서 쳐다보는데,
이 사람이 씩 웃으면서 하는 말이, '헤헤… 참 맛있네요!' 이러더라는
거야. 어때, 재미있는 반전이잖아?"

　※이 꽁트는, 기형도 산문집의 단편, 〈어느 신춘 문예〉에 대한 패러
디에서 출발했다. 아니, 패러디라고 하면 너무 거창하고, 그냥 거기서
모티브만 따다 시작해 본 것이다. 꽁트나 단편을 전혀 써본 적이 없어
서, 그런 방법으로 끄적거려 본 것. 나름대로 습작이고 독학이었다.

작품

이 사람을 사랑하면 어디까지 사랑할 수 있을까. 사람이 사람을 미워하면 얼마만큼 미워할 수 있…… 그
위작 '번지점프를 하다'는, 스무 살의 습작 노트 구석에 내갈긴 낙서 한 줄에서 시작되었다. 그
것은 시나리오를 끝낸 다음이었지만. 자기 검열 따위도 없었고 흥행이나 비평에
정말 '아무것도 몰라서 무지하게 용감'할 수 있었다. 이제 와 생각하면 그 대책없었던 무모함에 '후유—', 한숨
여 하지 않았다. 아니, 할 줄을 몰랐다. 이제는…… 분명 '모르지 않지'만, 그렇더라도, 능수능란해지거나 비겁
으론 아주 부럽기도 하다. 이제는…… 사람은 거의 정신 이상자 취급을 받을 정도였다. 정
끝까지.

지독했다. '아 유 레디?'를 재밌다는 사람은 말도 많이 들었고 급기야는 '번지…'가 내 작품이 아니라는 소문까지
쓴 작가가 맞냐는 말 안 하면
는 '본 사람이 별로 없어서 그 영화 고은님이 쓴 줄 모르는 사람이 더 많아. 말 안 하면
그러나 그것은 내게 위로가 아니다(두 번 죽이는 일이다). 뼈저리게. 안팎으로 정말 많은 것을 배웠
했다. 지금도 하고 있다. 그런 이야기를 쓰고
물론, 반성은 했다. 그런 시도를 했던 것에 대해, 그런
하지만 후회는 하지 않는다. 결코 내 짧은 필모그래피에서 들어내지 않을 것이다.
만들고야 만 것에 대해. '아 유 레디?'에 합류해 준
그때, 선계약을 파기하고 위약금을 물면서까지 서로의 안부를 진심으로 걱정하는 그 모든 스탭들께 감사한다. 그러

1964년 베이징.

네모 반듯한 어깨 선만큼이나 고지식하고 외곬인 북경 주재 프랑스 외교관 '르네(제레미 아이언스)'는 오페라 '나비부인'을 보고 신비로운 동양 나비 '송(존 론)'에게 한눈에 반한다. 떠난 남자를 몇 년간 기다리다 배신당하자 결국 목숨을 끊었다는 어느 일본 여인의 순애보가 마치 모든 동양 여성의 그것인 양, 그는 그녀에게서 '아름다운 노예'를 본 것이다. 함께 지내는 몇 년 동안 단 한 번도 알몸을 보이지 않을 만큼 정숙하지만, 또 한편으론 자신이 좋아하는 것이라면 그 무엇도 마다하지 않는 '송'의 헌신적인 봉사(?)를 받으며 유약한 지식인이던 서양 남자 '르네'는 점점 기고만장한 제국주의자의 모습으로 변해간다.

"동양은 서양에게서 힘을 원하죠. 그들은 우리에게 종속되길 원해요."

프랑스가 인도차이나를 잃은 것은 그들을 너무 몰랐기 때문이라고, 베트남도 중국도 곧 우리를 받아들일 것이라고, 그는 자신만만하게 상부에 보고한다. 아름답고도 속 깊은 동양 노예가 그의 목소리에 힘을 실어주지 않았나. 그러나 그의 예상은 보기 좋게 어긋나, 중국에는 곧 문화혁명이 일어나고, 월남전은 소득없이 잿더미만 남았으며… 르네 역시 본국으로 쫓겨나고 만다.

그러나 르네는 여전히 자신의 나비를 믿는다. 기다린다. 작업복을 입은 중국 여성들이 목청을 돋우며 혁명의 선두에 선 모습을 보면서도 이건 뭔가 잘못됐다고 생각하며 탄식한다.

"중국을 떠나면서 나는 모든 것을 잃었다……."

하기야, 그로서는 중국 대륙을 잃은 것일 테니.

르네는 전깃불 대신 등을 밝히고 방바닥에 쭈그리고 앉아 커피가 아닌 녹차에 빵을 찍어 먹으며 그녀를 기다리기 시작한다. 그 옛날, 떠난 남자를 하염없이 기다렸다는 그 일본 여인처럼.

자, 이제 대체 누가 '나비부인'인가. 세상이 다 알아도 르네만은 깨닫지 못한다. 그는 이미 나비에게 잡아먹힌 것이다. 결국 그는 다시 돌아온 동양의 나비를 위해 기꺼이 본국의 정보를 빼돌리고… 남은 것은 스파이란 죄목뿐이다. 그래도 진정 사랑했으니 후회는 없노라 하고 싶지만… 누구보다 동양을, 동양 여성을 깊이 이해하고 있다고 철석같이 믿고 있었던 르네는, 중국 경극에는 남성만이 출연한다는 사실조차 모르고 있었음을 뒤늦게 깨닫는다. 그리고… 그다지도 정숙하고 아름답던 자신의 나비가 마침내 알몸을 드러내고 그 앞에 우뚝 섰을 때 그는 키득키득, 감옥 벽에 머리를 박고 눈물을 흘리며 웃는다. 재밌다… 정말 재밌어…….

르네는 감옥에서 죄수들을 상대로 공연을 한다.

"나는 프랑스 전체를 웃긴 남잡니다……."

얼굴에 하얗게 분을 바르고 손톱 끝을 빨갛게 칠하고 나니, 이제야 그는 솔직해진다. 남자로서, 서양 강국으로서의 가면을 벗어 젖히고 비로소 고백하는 것이다.

내가 바로, 나비부인입니다…….

새로 작업 중인 작품에 소위 '나비부인' 같은 여성 캐릭터를 하나 만들었다. 단아하고 아름다우며 순종적이지만 강단있는, 참 하염없는 캐릭터다. 오만하게도 나는, 그녀가 여전히 상당수의 남성들을 매혹시킬 것이라 자신한다. 또한 동시에, 그들 중 누구도 그녀를 온전히 갖지 못할 것도 자신한다. 사실 나비란, 보다 향기롭고 풍족한 꿀을 찾아 언제든 미련없이 떠나는 존재 아니던가.

　　지난 연말 이사를 했다. 부모님 계시는 본가에서 아주 나오는 거였다. 독립이라고까지 하면 너무 거창하고, 그냥 이제부터 혼자 살기로 했다. 앞으로 갑자기 못돼먹은 성격을 고치고 무려 결혼씩이나 하게 될지 아니면 평생 혼자 아침 밥을 먹게 될지는 몰라도, 좌우간 한평생 사는 동안 적어도 한 번은 온전히 혼자만의 인생도 있어야 되는 거 아닌가 싶어서였다.

　　짐을 꾸리다 보니, 30년치 세월이 침대 아래서 쏟아져 나왔다. 지난 30년 남짓 사는 동안 지인들과 주고받은 편지 꾸러미와 상당히 성실하게 적어온 일기, 수첩, 습작노트들이었다. 재미난 소일거리가 생긴 듯 가벼운 마음으로 한 권 한 권 들춰보기 시작했다. 그러나. 읽어가는 동안 나는 곧 뺨이 훅훅 달아오르기 시작했다.

지독했다. 도대체 그러고 어떻게 살았을까. 온몸의 신경 세포와 솜털 하나하나까지 일제히 곤두서 있는 듯, 칼날 끝에 올라서 있는 듯, 너무 지독하게 살았던 것이다. 그래, 그랬었지……. 까맣게 잊고 있었던 기억이 무심코 장롱 밑에서 딸려 나온 사진 한 장에 와르르 되살아나듯이 지난 십대와 이십 대의 치열한 시간들이 일제히 들고일어나 아우성을 치기 시작했다.

맞다. 그랬다. 그때 나는 하루 24시간 온몸의 신경 세포를 촉수처럼 곤두세우고 그 끝에 걸려드는 세상을 빠짐없이 느끼고 생각하고 끌어안으며 살았었다. 아마 그때 내 체온은 39도쯤 되지 않았을까. 그리고 그 격렬함은 대부분 글로 발산되었다. 그 죽을 것 같은 신열을 떨어뜨릴 별다른 방법이 없었던 것이다. 그때의 글쓰기는 가히 병적이어서, 아르바이트를 하다 말고 갑자기 뛰쳐나가 가장 가까운 카페 구석에 앉아서 정신없이 무언가 써 내려간 적도 있었고, 불을 끄고 잠자리에 들었다가 갑자기 신기 오른 무당처럼 캄캄한 방에서 달빛에 의지해 문장 한 줄 수정하지 않은 채 단편 소설 하나를 끝낸 적도 있었다. 詩를 짓는 작업 역시, 비록 훌륭하지는 않지만 적어도 지.금.처럼 '불가능한' 일은 아니었다.

습작노트들을 읽는 내내 나는 그 시절의 내 감성과 사고방식과 표현 등에 놀라기도 하고 고개를 갸웃하기도 하고… 웃기는 얘기지만 감탄하며 부러워하기도 했다. '어떻게 이런 생각을 했었지? 지금은 왜 이런 생각을 못하는 거지?' 그러다 결국 광고지 뒷면에 내갈긴 낙서 한 줄에 의기가 소침해지고야 말았다.

"사람이 사람을 사랑하면 어디까지 사랑할 수 있을까. 네가 사람 두 엇쯤 죽인대도? 아니, 네가 죽는대도."

아아, 그랬구나. 과분한 칭찬을 들었던 나의 데뷔작 〈번지점프를 하다〉는, 근 10년을 해묵은 이야기였던 것이다.

또 있었다. 작년 새해에 방송됐던 단막극 〈꽃〉 역시, 열여섯, 중학교 3학년 때 하룻밤 새 썼던 짤막한 소설이었던 것이다. 시력과 함께 그림에의 열정도 잃어가던 소년이 낯선 소녀의 도움을 받아 다시 그림을 시작하게 되었으나, 시력을 회복한 뒤 달려가 보니 정작 그 소녀야말로 선천적인 시각 장애인이었으며, 그가 혼신을 다해 완성한 자신의 그림은 세살배기의 낙서나 다름없었다. 절망하는 소년에게 소녀는 이렇게 말한다.

"너는 눈이 보이지 않을 때는 이 그림을 볼 수 있었어. 그런데 이제 시력을 되찾으니 더 이상 이 그림을 보지 못하는구나……."

편지지에 샤프펜슬로 써놓은 그 소설을 발견한 순간, 나야말로 절망스러웠다. 자괴감마저 들었다. 열여섯 살 때의 생각이나 서른한 살의 그것이 크게 다르지 않았다니. 열아홉 때의 감성과 스물아홉이 된 후의 감성이 똑같았다니. 나는 그저 해마다 떡국 한 그릇씩을 더 먹었을 뿐, 나이를 헛먹은 것일까. 처음부터 갖고 있던 것들을 곶감 빼 먹듯 하나씩 하나씩 소진하다가… 결국은 밑천을 잃고 텅 비어버리는 게 아닐까. 나는 덜컥 조바심이 났다. 그리고 이어지는 어리석고 유치한 생각들. '아아, 내가 지금 이 시절만 같으면 한 달에 한 편씩 영화 시나리오를 쓸 수 있을 텐데. 뭘 쓸까, 어떻게 쓸까 머리와 가슴을 쥐어뜯지도 않고 소심한 자기 검열 따위도 없이. 다시 그때의 체온을 찾을 수 있다면, 목소리를 팔아 다리를 얻은 인어공주처럼 어떤 거래라도 하겠어. 수명을 좀 달라고 해도 좋은데…' 까지 가난하고 조급해진 글쟁이의 궁상이 하늘을 찌르다가, 퍼뜩 위로거리를 찾아냈다. 나답게.

비록 시작은 같지만, 낙서 한 줄, 편지지 두 장에서는 벗어나지 않았나. 발.전.적.이었다고 말해도 괜찮을 것 같다. 그러니까 그저 제자리걸음을 하는 것이 아니라 그날그날 하루치의 느낌과 생각들을 차곡차곡 쌓아가고 있는 것이 아닐까. 그리고 그것들은 마치 물속의 톱밥이나 쇳가루처럼 얌전히 가라앉아 있다가, 어느 날 문득 어떤 자극—그 자극은 친구의 말 한마디일 수도 있고, 길가의 간판 제목일 수도 있고, 별 생각 없이 홀짝 들이킨 소주 한 잔일 수도 있을 것이다—에 의해 일제히 들고 일어나 내 정수리부터 새끼발가락 끝까지 뱅글뱅글 돌며 움직이는 게 아닐까. 그래, 그런 것 같다. 분명 10년 전엔, 그런 생각을 하고, 한 줄 메모를 할 수는 있었어도 결국 〈번지점프를 하다〉를 쓰지는 못했으니까. 그 내용과 그 인물들은 내가 스물아홉이나 먹었기 때문에 비로소 품을 수 있었던 거니까. 앞으로 또 한 십 년이 지나면 나는 또 '어떻게 그때 그런 생각을 했을까…' 할 테지만, 서른 남짓 된 현재의 나로서는 도저히 알 수 없는, 지척에 두고도 전혀 느끼지 못하는 '그 무엇'을 그때엔 알게 될 것이란 확신이 생긴다. 비록 나이를 먹어버려 더 이상 선혈이 낭자하고 맥박이 펄떡펄떡 뛰는 글은 쓸 수 없을지 몰라도 대신 조금 더 뜨끈하고 묵직한 글을 쓸 수 있겠네(있기를!).

열정을 잃는 대신 얻게 되는 작은 혜안. 아니면 혜안 비슷한 것이라도. 커다란 바위까지는 품지 못하더라도 지금처럼 늘 '폭풍 전야' 같은 위험 수위는 아닐 것. 세상을 모두 끌어안는 큰 그릇은 감히 욕심 낼 수 없지만 평생 단 한 사람만이라도 온전히 담을 수 있는. 그렇게 늙고 싶다.

새해가 되니 여지없이 나이를 묻는 사람들이 있다. '그러니까 이제 몇 살 된 거죠?' 질문자가 내가 이미 삼십 대에 접어든 지 두어 해 되었다는 것을 아는 사람일 경우엔, 백발백중 나의 과년함을 걱정하는 질문이다. 몇 살이라는 내 대답이 채 끝나기도 전에 '올해는 결혼 하셔야죠' 라는 대사가 준비되어 있을 것이다. 그러나 예상할 수 있는 대사를 좋아하지 않는데다가 나이 먹는 게 즐겁기만 한 나로서는, 이렇게 그의 말문을 막을 수밖에 없다.

"삼삼한 나이요."

뻘쭘. 멀뚱. 머쓱. 상대의 표정을 지문으로 쓰라면 그렇다. 후훗.

자, 나이 먹기가 또 시작됐다. 작년엔 좀 소득이 없었다. 올해는 좀 더 분발하자.

하루 스물네 시간 꼬박꼬박 일수 찍듯 열심히. 그래서 올해 마지막 날, 12월 31일 자정엔 지금보다 온전히 365일치는 더 늙어 있도록. 잘. 예쁘게. 삼삼하게.

삼삼한 나이. 나는 이제 서른셋이 되기 시작했다.

'사람이 사람을 사랑하면 어디까지 사랑할 수 있을까. 사람이 사람을 미워하면 얼마만큼 미워할 수 있을까.'

데뷔작 '번지점프를 하다'는, 스무 살의 습작 노트 구석에 내갈긴 낙서 한 줄에서 시작되었다. 그것을 기억해 낸 것은 시나리오를 끝낸 다음이었지만.

정말 '아무것도 몰라서 무지하게 용감' 할 수 있었다. 자기 검열 따위도 없었고 흥행이나 비평에 대한 고려도 전혀 하지 않았다. 아니, 할 줄을 몰랐다. 이제 와 생각하면 그 대책없었던 무모함에 '후유—' 한숨도 나지만, 한편으론 아주 부럽기도 하다. 이제는… 분명 '모르지 않지'만, 그렇더라도, 능수능란해지거나 비겁해지고 싶지 않다. 끝까지.

S#95. 용산역 앞 건널목(현재와 과거 교차 편집)

밤이다. 건너편으로 용산역이 보이는 건널목 앞.

몰골이 말이 아닌 현빈이 이를 악물고 자전거를 몰고 오고 있다.

신호등의 파란 불이 깜박깜박 점멸하자 현빈이 속도를 내 얼른 건너

려는데 대형 화물차 한 대가 클랙슨을 요란하게 울리며 웅— 달려온

다.

급하게 서는 현번. 현빈 코앞으로 굉음을 내며 지나가는 화물차.

17년 전 겨울 어슴프레한 새벽.

같은 곳. 비보호 건널목.

급하게 달려와 좌우를 살피며 길을 건너려는 여자.

현재.

신호가 파란 불로 바뀐다.

바뀌자마자 빠르게 달려나가는 현빈.

순간 신호를 어긴 자동차가 한 대가 현빈을 향해 질주해 온다.

17년 전.

급하게 길을 건너던 여자.

질주해 오는 자동차. 급정거 소리.

미처 피하지 못하고 자동차를 보는 여자는, 태희.

다시 현재.

저만치 도로 위에 떨어진 채 한쪽 바퀴는 찌그러졌고 다른 바퀴만 뱅글뱅글 돌고 있는 현빈 자전거.

자전거에서 좀 떨어진 곳에 넘어져 있는 현빈.

주변으로 길 건너려던 사람들 웅성웅성 모여들고 사고 차량 운전자가 급하게 뛰어내려 달려온다.

운전자:(현빈을 들여다 보며)학생! 괜찮아요?

꿈틀거리며 힘겹게 일어나는 현빈. 팔꿈치에서 피가 흐른다.

운전자, 얼른 도와주면서

운전자:괜찮겠어요? 다친 데 없어요? (자신 차에 태우려)일단 타요—병원부터 가요—

현빈:(힘겹게 도리질을 하며 겨우)…늦었어요… 빨리 가야 돼요…너무 오래 기다리게 했어요(금세라도 울음이 터질 것 같은 얼굴)…….

푸른 신호가 점멸하는 건널목을 비척비척 건너가는 현빈.

S#96. 용산역 플랫폼(밤. 雪)

초겨울. 춥다.

눈발이 하나둘 흩날리는 용산역 플랫폼에 아직도 우두커니 앉아 있는 인우.

막차가 와 서고 승객들이 내리고 있다.

이윽고 사람들이 모두 빠져나가고 기관사가 17년 전 그날처럼 인우를 흘깃 보고는 지나간다.

이때 다가오는 인기척.

인우, 돌아보면 가쁜 숨을 몰아쉬며 땀 범벅이 된 현빈이 달려와 선다.

인우, 감격에 겨워 벌떡 일어나 현빈을 본다.

2미터쯤 간격을 두고 마주 보며 서 있는 두 사람.

마주 보며 서 있는 두 사람의 모습이 플랫폼 램프 불빛에 반사돼 철로에 서 있는 열차 창에 비친다.

그러나 열차 창에 비친 모습은, 인우와 현빈이 아니라 17년 전의 인우와 태희다!!

그 위로 흐르는 두 사람의 음성.

인우:(소리만)왔구나…….

태희:(소리만)미안해… 너무 늦었지…….

인우:(눈물 글썽)늦게라도 와줘서 고마워…….

열차 차창에 비친 17년 전의 인우와 태희.

그 앞 플랫폼에 마주 서 있는 현재의 인우와 현빈…….

점점 눈발이 굵어진다.

지독했다. '아유레디?'를 재밌다는 사람은 거의 정신 이상자 취급을 받을 정도였다. 정말 '번지점프를 하다'를 쓴 작가가 맞냐는 말도 많이 들었고 급기야는 '번지…'가 내 작품이 아니라는 소문까지 나돌기 시작했다. 누군가는 '본 사람이 별로 없어서 그 영화 고은님이 쓴 줄 모르는 사람이 더 많아. 말 안 하면 몰라'라는 위로를 하기도 했다. 그러나 그것은 내게 위로가 아니다(두 번 죽이는 일이다).

물론, 반성은 했다. 지금도 하고 있다. 뼈저리게. 안팎으로 정말 많은 것을 배웠다.

하지만 후회는 하지 않는다. 그런 시도를 했던 것에 대해, 그런 이야기를 쓰고 싶었던 것에 대해, 그 영화를 만들고야 만 것에 대해. 결코 내 짧은 필모그래피에서 들어내지 않을 것이다.

그때, 선계약을 파기하고 위약금을 물면서까지 '아 유 레디?'에 합류해 준 많은 스탭들께, 암담한 끝을 보고서도 여전히 서로의 안부를 진심으로 걱정하는 그 모든 스탭들께 감사한다. 그리고 정신병자 취급을 받으면서도 굳이 극장을 찾아가 영화를 봐준 관객들, 관람 후 눈물 쏙 빠지게 야단도 쳐주고 어깨도 도닥거려 줬던 친구들과 카페 식구들과… 그 모든 분들께 심장이라도 내어드리고 싶다.

S#41. 숲 속(이튿날 아침)

숲 속.

하늘이 잘 보이지 않을 정도로 수목이 우거졌다.

터벅터벅 수풀을 헤치며 걷고 있는 일행.

현우, 짜증이 있는 대로 난 얼굴로 씩씩거리며 가고 있고 그 뒤에 준
구.

현우:(계속 투덜투덜)뭐야, 이게 도대체— 지금 인간이 몇인데… 구
조대는 왜 안 와? 그냥 이렇게 졸라 가기만 하면 되는 거야?

하는데, 이때 강재가 갑자기 무슨 기운을 느꼈는지,

강재:(목소리 낮춰)조용히 해봐!

일행, 강재가 응시하는 곳을 보니 덤불 옆 웅덩이에 고인 흙탕물에
규칙적으로 파문이 인다.

쿵— 쿵—

파문이 점점 커지고… 발 아래서도 진동이 느껴진다.

나뭇가지에서 열매 하나가 흔들흔들하더니 툭 떨어져 데굴데굴 굴러
간다.

쿵— 쿵—

점점 가깝게 다가오는 소리.

왠지 황 노인의 눈동자가 불안하게 흔들리기 시작한다.

이때 일행의 머리 위로 쒸웅— 하는 소리와 함께 포물선을 그리며 연막탄이 날아간다.

현우:(반가워)뭐야, 구조대야?

하는데 쿵— 쿵— 하는 소리가 점점 더 가까워지더니 웅성거리는 일행 너머 저만치 둔덕 위로 거대한 탱크가 올라온다. 위압적이다.

난데없는 탱크의 등장에 얼이 빠져 멍하니 구경하며 섰는 일행.

이때 군복을 입은 누군가가 고함을 지르며 탱크로 뛰어가더니… 이내 엄청난 폭발음과 함께 탱크 파편이 사방으로 튀어 오른다.

꽤 먼 거리인데도 일행에게까지 파편이 튄다. 여파가 상당하다.

시뻘건 화염에 휩싸여 흉칙한 몰골로 타고 있는 탱크. 검은 연기가 하늘을 뒤덮고… 자폭이었다…….

일행, 멍하다.

이때, 콩 볶는 듯한 기관총 소리가 귀청을 때린다.

황 노인:(고래고래)엎드려(하고 옆 덤불로 뛰어든다)—!

일행, 정신없이 황 노인을 따라 덤불 속으로 뛰어들어 엎드린다.

한동안 계속되는 기관총 소리.

황 노인, 어린 찬희를 가슴에 끌어안고 있고 다른 사람들은 귀를 틀어막고 엎드려 있다.

이윽고 기관총 소리가 멎더니 갑작스런 적막…….

현우, 바싹 얼어서 잔뜩 엎드려 있는데 황 노인이 조심스레 덤불 사이를 헤집고 밖을 내다보자 질 수 없다는 듯 용기를 내어 고개를 든다.

밖을 살피던 황 노인과 현우… 모두 눈이 휘둥그레진다.

뒤이어 고개를 들어 내다보는 강재, 주희도 넋이 나간 표정이다.

이들 눈에 들어온… 전방의 광경이란…….

S#42. 전장

우거진 숲 속, 몇 개의 참호가 설치돼 있다.

그중 한곳에 황 소위와 대원 5명이 연기에 캑캑거리며 매복하고 있다.

모두 스무 살을 갓 넘긴 듯 앳된 젊은이들이다(황 노인의 사진 속에 있던 바로 그들이다!).

이때 다시 한 번 연막탄이 쒸웅― 날아와 저만치 숲 너머에서 쾅― 떨어진다.

참호 뒤로 얼른 몸을 숙이는 군인들.

파편이 투두둑 튀고 연기가 무럭무럭 피어난다.

순식간에 주변을 하얗게 뒤덮는 연막.

곧이어 요란한 굉음과 함께 참호 근방에 총탄이 집중적으로 쏟아진다.

땅이 패고… 나무에 불이 붙고… 참호 몇 개가 박살난다.

　S#43. 덤불

두 손으로 머리를 감싸고 땅바닥에 바싹 엎드려 있는 일행들.

이들 위로도 파편과 흙먼지가 우두두 쏟아져 내린다.

이윽고… 총격 소리가 멎고 굉음도 차츰차츰 멀어진다.

다시 적막.

일행, 움찔움찔하며 몸을 일으킨다. 모두 무사한 것 같다.

이때 전방의 참호 쪽에서 나지막한 소리가 들려온다.

off.대원1:(나즈막이)다들 무사해……? (낮지만 다급하게)소대장님!
소대장님!

이 소리를 들은 황 노인, 순간 숨이 멎는 듯한 표정.

눈이 화등잔만해지더니 얼른 덤불을 헤치고 밖을 내다본다.

이 모습을 본 강재, 황 노인의 기색을 살피며 자신도 따라서 밖을 내
다본다.

　S#44. 전장

박격포 공격에 폐허가 된 참호 주변.

몇 그루의 나무가 이글이글 타오르고 있고 숲 너머 저편에선 탱크에서 올라온 연기가 하늘을 시커멓게 뒤덮고 있다.

황 소위:(그제야 몸을 일으키며 겁에 질린 목소리로)그래…….

나머지 대원들, 후유— 안도한다. 조금은 한심스런 표정이기도 하다.
대원1, 참호 위로 상체를 내밀며 밖을 살핀다.

대원2:(대원1에게 작게)없어? 다 갔어?
대원1:(작게)그런 거 같애(하며 몸을 좀 더 일으키는데)…….

바로 그 순간, 콩 튀는 소리가 나더니 대원1이 눈을 홉뜬 채 참호 뒤로 벌렁 나자빠진다.
헤엑— 놀라는 황 소위와 대원들.
대원1의 얼굴과 가슴, 배 등에 뚫린 총탄 구멍에서 피가 퐁퐁 솟아오르고 있다.
참호 아래에 바싹 붙어서 그런 대원1의 모습을 보는 황 소위와 다른 대원들 네 명, 슬픔과 공포로 눈시울이 붉어진다.
황 소위, 무서워서 턱이 바들바들 떨린다. 이를 악물고 공포를 참는다.
대원3, 낮은 포복으로 빠르게 가서 대원1의 눈을 감겨주다가 대원1의 얼굴을 두 손으로 움켜쥐고 소리 죽여 느껴 운다. 모두 눈시울이 빨

갚다.

　　S#45. 덤불

　일행, 놀랍기도 하고 무섭기도 해서 입이 다물어지지 않는다.
　황 노인, 눈자위가 빨갛다. 참호의 군인들처럼 이를 악물며 슬픔을
참는다.
　숨소리마저 들릴 듯한 적막이다.
　공포에 질려 침을 꿀꺽 삼키는 다른 일행.

　　S#46. 전장

　땀과 흙과 눈물로 범벅된 채 겁에 질려 있는 군인들.
　적막이 더 두렵다. 공포에 질려 숨도 잘 못 쉬겠다.

　대원4:(목소리를 한껏 낮춰 강원도 사투리로 부들부들 떨며)소대장
님… 별안간 왜 이렇게 조용하대요?
　황 소위:(떨리는 목소리를 애써 가다듬으며)지금 우린… 인민군에
게… 이중삼중으로 포위돼 있다. 꿈쩍만 해도 머리통이 날아가는 거
야…….

　　S#47. 덤불

강재, 황 소위가 낯이 익다. 어디서 봤더라… 고개를 갸웃갸웃하며 생각하다가, 아! 드디어 기억해 낸다. 오늘 새벽 황 노인의 사진에서 봤지! 순간, 어둠 속에서나마 흐릿하게 보이던, 사진 속 맨 옆에 굳은 표정으로 서 있던 젊은 소위의 얼굴이 떠오른다.

혹시? 강재, 황 노인을 찬찬히 본다.

참호 쪽으로 시선을 고정한 채 이를 악물며 눈물을 참고 있는 황 노인의 모습.

S#48. 전장

계속되는 적막.

바람 한 점 없다. 나뭇잎마저 미동도 않는 것 같다.

숨을 죽이고 참호 뒤에 숨어 있는 군인들, 땀이 비 오듯 흘러내린다.

황 소위의 얼굴에도 속눈썹 끝에, 턱 아래, 땀이 방울방울 맺혀 툭툭 떨어진다.

S#49. 덤불

황 노인 품에서 숨을 죽이며 무서움을 참고 있던 찬희, 흑— 하고 낮은 울음소리를 낸다.

순간, 참호 뒤의 군인들이 일제히 소리나는 쪽으로 총을 겨눈다.

힉— 놀라 몸을 숨기는 일행.

황 노인, 찬희의 머리를 가만히 끌어안고 동요없이 그들을 본다.

군인들, 총을 겨누며 이리저리 이쪽을 살핀다.

그러나 일행을 발견 못하고 다시 제자리로 돌아간다.

황 노인, 담담하고도 처연해 보인다.

S#50. 전장

대원4, 공포를 못 이기겠는 듯 갑자기 무릎을 꿇고 엎드리더니 굳게 깍지 낀 손을 정수리 위에 붙인 채 부들부들 떨며 이를 악물고 어금니 사이로 새어 나오는 신음 같은 소리로 기도를 하기 시작한다.

대원4:(이를 악문 채)살려주세요… 살려주세요(양 볼 위로 시커먼 눈물이 흘러내린다)…….

황 소위와 대원들, 괴롭다.

대원5, 기도하는 대원4와 죽어 있는 대원1의 모습을 냉정한 시선으로 보다가 무슨 결심을 했는지 갑자기 벌떡 일어나더니 참호 밖으로 뛰어나간다.

황 소위와 다른 대원들, 깜짝 놀란다.

황 소위:(낮고 다급하게)정 일병! 돌아와! 정 일병—!

대원5:(무턱대고 사방에 총을 쏘아대며 절규한다)나와, 이 새끼들아— 차라리 그냥 죽여— 이 개새끼들아—

이때 저만치 숲 속에서 총탄 십여 발이 날아온다.

피를 쏟으며 고꾸라지는 대원5, 일어나려고 꿈틀— 해보지만 곧 사지가 늘어진다.

황 소위, 참호 아래 몸을 동그랗게 말고 숨어서 눈을 질끈 감은 채 부들부들 떨고 있다.

대원2:(눈물 글썽한 눈으로 그 모습을 보다가 결심한 듯 비장하게) 소대장님, 공격 명령을 내리십시오.

황 소위, 깜짝 놀라서 대원2를 본다. 대원2, 결의에 찬 표정이다.

황 소위, 설마… 대원3을 본다. 대원3도 비장한 표정으로 고개를 천천히 끄덕한다.

기도하던 대원4, 눈물로 얼룩진 얼굴로 전우들과 황 소위를 번갈아 본다. 겁난다.

황 소위:(고개를 가로저으며)승산없는 싸움이야… 이건… 자살 행위다…….

대원2:그럼, 포로로 잡혀가실 겁니까?

황 소위:(선뜻 대답할 수가 없는데)…….

대원2:(이를 악물고 위압적으로)어서 공격 명령을 내리십… 시
오……!

황 소위, 입술이 바짝바짝 탄다. 철모는 왜 이리 크지… 자꾸만 흘러
내린다.

황 소위, 마른침을 삼키며 흘러내리는 철모를 연방 눈 위로 올리는
데,

대원3:(고개를 가로저으며)아니… 겁쟁이 소대장의 명령 따윈 필요
없어…….

대원4, 놀라서 황 소위를 살핀다.
황 소위의 얼굴이 참담하게 일그러진다.

S#51. 덤불

강재, 황 노인을 살핀다.
황 노인, 황 소위보다 더욱 참담한 표정이다. 눈가에 눈물이 그렁그
렁하다.

강재, 안타까운 얼굴로 황 노인을 보다가 이내 황 소위에게로 시선을
옮긴다.

S#52. 전장

대원3, 용감하게 벌떡 일어나더니 참호 밖으로 뛰쳐나간다.

기다렸다는 듯 숲 속에서 날아오는 총탄. 다행히 빗맞았다.

대원3, 총탄이 날아온 쪽을 향해 총을 쏴대기 시작한다.

다시 다른 방향에서 날아오는 총탄… 대원3, 이번엔 그쪽을 향해… 숲 속에서 한 명, 두 명… 열 명… 스무 명… 인민군들이 쏟아져 나오기 시작한다.

연기에 묻혀 형체들만 어렴풋이 보이는 것이 마치 유령 같다.

대원3을 둘러싸듯 나오면서 무차별 공격을 해오는 인민군들… 대원3, 총을 맞아 피를 흘리면서도 그들을 향해 계속 총을 쏘며 앞으로 앞으로 전진한다.

그러는 동안 참호 뒤에서는, 대원2가 할 수 없다는 듯 황 소위에게 예를 갖춰 거수경례를 붙인다.

황 소위, 차마 인사를 받지 못한다.

몸을 동그랗게 말고 큰 철모가 눈을 반쯤 가리고 있는 황 소위의 모습은… 마치 소년 같다.

경례를 하고 나서 그대로 뛰쳐나가는 대원2.

대원3, 처참하게 피를 쏟으며 휘청휘청… 그래도 악착같이 인민군에게 총을 쏘고 있다.

대원2, 대원3에게 뛰어가 등을 맞대며 인민군들을 향해 총을 쏴댄다.

또 총을 맞은 대원3, 무릎이 툭 꺾인다. 대원2가 힘껏 등으로 그를 받쳐 올린다.

마지막 힘을 다해 총을 들어보려는 대원3… 그러나 기운이 없다.

등을 맞대고 있는 대원2, 눈가가 새빨갛다. 이를 악물고 눈물을 참으며 계속 총을 쏜다.

대원2도 여러 발 맞아 주저앉는다. 대원3도 따라서 쓰러진다.

대원2, 품에서 수류탄을 꺼내 핀을 뽑아 인민군을 향해 던진다.

천지가 진동하며 요란하게 터지는 수류탄. 인민군 몇몇이 휴지 조각처럼 날아오른다.

대원3, 결국 숨이 끊어진다.

대원2, 마지막 한 발까지 총을 쏘다가… 계속 총탄에 맞아 결국 눈을 감는다.

등을 맞대고 앉은 채 피투성이가 되어 죽은 두 사람.

두 사람의 고개가 푹 고꾸라졌는데도 몇 발의 총탄이 더 날아와 박힌다.

참호 뒤.

이 모습을 보고 있는 대원4와 황 소위, 미칠 것 같다.

대원4:(부들부들 떨며)소대장님… 우리 살 수 있습니까?

황 소위:…….

대원4:(울먹)살 수 없다고… 얘기해 주십시오…….

황 소위:(뭐라 말해야 좋을지 모르겠다)

대원4:(거의 울음)어차피 죽을 거지요?

하더니, 벌떡 일어나 으아아아— 비명을 지르며 뛰어나가면서 총을
쏘아댄다.

그러나 몇 걸음 뛰어가지도 못한 채 총을 맞고 즉사하는 대원4.

모두 죽었다… 널린 대원들의 시체들…….

참호 뒤의 황 소위 혼자 남았다. 사시나무처럼 부들부들 떨고 있는데
인민군들이 시체들을 발로 뒤집어 죽었는지 확인하며 저벅저벅 이쪽으
로 다가온다.

황 소위, 공포에 얼굴이 하얗게 질린다.

황 소위, 마른침을 꿀꺽 삼키더니 땅바닥에 배를 붙이고… 엉금엉금
도망가기 시작한다.

S#53. 덤불

황 노인:(눈물을 툭툭 떨구며 고개를 저으면서)안 돼… 안 돼…….

일행, 모두 황 노인을 돌아본다. 의아.

강재, 안타깝다.

덤불 너머로, 참호를 하나하나 살피며 다가오는 인민군들과 숲 쪽으

로 기어서 도망가고 있는 황 소위가 보인다.

　이때 황 노인,

　황 노인:안 돼(외치면서 뛰쳐나간다)—!

　찬희가 깜짝 놀라 '할아버지!' 하고 부르자
　강재가 얼른 찬희를 끌어안는다.
　놀라 어쩔 줄 모르는 일행.

　S#54. 전장

　황 노인:(황 소위에게 뛰어가며 울부짖는다)안 돼—! 도망가지 마! 물
러서지 마!

　참호 뒤, 황 소위 앞에 도착한 황 노인. 숨이 차고 눈물이 흐른다.
　기어가던 황 소위가 놀라 올려다본다. 그리곤 고개를 설레설레 내젓
는다. 난 무서워… 황 노인, 젊은 자신을 잠시 내려다보다가 황 소위에게
서 총을 뺏어 들고 참호 밖으로 뛰쳐나간다. 으아아아— 고함을 지르며.

　S#55. 덤불

　일행, 모두 깜짝 놀란다.

총을 쏘며 달려나가는 황 노인… 그를 향해 무차별로 가해지는 인민군의 총탄세례… 강재, 얼른 찬희의 얼굴을 끌어안아 보지 못하게 한다.

황 노인, 총탄에 맞아도 멈추지 않고 으아— 소리를 지르며 인민군에게 총을 쏘면서 달려나간다.

S#56. 전장

낡은 노인용 단화를 신고 달려나가는 황 노인의 발이… 스윽 군화로 바뀐다.

황 노인의 허름한 바지도… 군복으로 바뀐다.

황 노인의 모습이 젊은 시절 황 소위의 모습으로 바뀌고 있는 것이다!

날아드는 수십 발의 총탄… 무릎이 꺾이고… 허리가 꺾이고… 결국 뒤로 넘어가며 쓰러지는 황 소위… 그의 얼굴에 언뜻 미소가 번진다.

S#57. 덤불

강재… 흰자위에 핏줄이 선다.

다른 일행, 그저 넋 나간 얼굴들로 이 광경을 목도하고 있다.

그들의 눈에는 쓰러져 있는 황 소위의 모습이 황 노인의 시신으로 보인다.

찬희:(고개를 빼꼼 내밀고 주희를 올려다보며 천진난만하게)할아부지
는……? 할아부지 어떻게 됐어……?

　인민군들, 이 소리를 들었다.
　찬희의 말이 끝나기가 무섭게 전장 쪽으로부터 검은 연기를 뚫고 강
재 일행을 향해 날아오는 총탄세례.
　히익— 다들 기겁을 하며 엎드린다.
　이때 덤불이 바람에 거세게 일렁이며 요란한 헬기 소리가 들린다.

현우:어? 헬기다! 구조대가 왔나 봐!
강재:(놀라)뛰어—!

　이를 악물고 헬기 소리가 나는 쪽으로 달려가는 일행.
　인민군의 총격이 좀 더 거세진다.
　현우 머리 위를 아슬아슬 스쳐 지나가는 총탄. 현우, 헥— 놀라서 빨
리빨리! 도망간다.

　덤불을 벗어나니 이송용 헬기가 금세라도 이륙할 듯 낮게 떠 있다.
　가릴 것 없이 그대로 뛰어 헬기에 올라타는 강재 일행.
　일행이 미처 올라타기 전에 이륙하는 헬기.
　강재, 철봉하듯 훌쩍 뛰어 이륙하는 헬기 다리를 붙잡고 매달린다.

이륙하는 헬기 배에 인민군의 총탄이 날아올라 탕! 탕! 맞는다.

헬기의 강한 바람에 일렁이는 수풀.
그 일렁이는 수풀 속에 찬희가 잃어버린 바쿠 인형의 일부가 살짝 보
인다.

　쓰고 나서, 방송되고 나서도 계속 부족한 부분 때문에 오랫동안 부끄러웠었다. 그런데 1년이나 지난 요즘 들어 종종 생각난다. 어설프긴 했어도 하고 싶은 얘기를 꽤 했다는 생각도 든다. '번지점프를 하다'를 보면 고은님이 보인다는 말을 많이 듣는데, 어쩐지 〈꽃〉 쪽이 좀 더 가깝지 않나 싶다.

　겨울, 눈이 많이 내리면 꼭 강화도 전등사의 그 찻집에 다시 가보려고 벼르고 있었는데, 지난겨울엔 눈이 너무 귀했다. 눈 덮인 사찰의 찻집에서 듣는 풍경 소리, 근사할 텐데.

#.46 유경 방

불 켜진 방.

유경과 호균이 겉옷을 벗고 약간 간격을 두고 어색하게 앉아 있다.

유경은 셔츠 차림이다.

유경, 방을 휘 둘러보니, 방 안 빨랫줄에 속옷이 널려 있다. 앗, 얼른
일어나 황급히 걷어 앉는다.

호균:(빙그레)난 안 보이는 사람이야… 뭘 그래.

유경:맞다— 자꾸 까먹어요… 꼭 다 보는 거 같애.

호균, 쓸쓸한 미소 지으며 눈을 감고 벽에 등을 기댄다. 피곤하다.

유경, 그런 호균을 찬찬히 훑어본다.

텁수룩한 수염 속에 창백한 지식인의 얼굴이 감춰져 있다.

이어 호균 손… 손톱이 길다.

유경, 자기도 모르게 그 손톱 끝을 만진다.

움찔하는 호균.

유경:아,죄송해요. 근데… 손톱이 길어요.

호균:(부끄러운 듯 숨긴다)아, 응…….

유경, 그런 호균의 모습이 귀엽다. 친근하게 느껴진다. 홋— 웃음이

난다.

　용기가 난 유경, 서랍에서 손톱깎이를 꺼내고 신문을 가져온다.

　유경, 신문을 펼치고서 감춘 호균 팔을 가만히 잡아당긴다. 움찔하며
숨기는 호균.

　유경, 빙그레 웃으며 한 번 더 가만히 잡아당기면, 호균, 못 이기는
척 손을 맡긴다.

　유경, 호균 손톱을 또각또각 깎기 시작한다. 착하게 맡기고 앉아 있
는 호균.

　두 사람, 밥 먹었냐고 묻는 것처럼 담담하게 묻고 대답한다.

　유경:(깎으면서 아무렇지 않은 얘기처럼)아내 분… 돌아올까요?

　호균:(역시 아주 담담하게)응.

　유경, 깎던 손 멈추고 호균 본다. '그렇게 장담해?'

　호균:…눈 먼 남편 버리고 도망갈 위인이 못 돼.

　유경:(다시 깎으면서)…선생님을… 많이 사랑하시나 봐요……?(반쯤
떠보는)

　호균:동정하는 거지.

　유경:동정도… 괜찮아요?

　호균:괜찮아. 그냥 옆에만 있으면 돼.

　유경:(쓸쓸하게)…찌찌뽕! 나랑 똑같다.

호균, 의아한 얼굴.

유경:(아무렇지 않다는 듯)내 남자친구도 나 안 좋아해요. 싫증났대
요. 근데 내가, 괜찮으니까 헤어지지만 말자고 그랬어요.
호균:…정말 괜찮아?
유경:(호균 똑바로 보며)선생님은 정말 괜찮아요?

호균, 대답 못한다. 안 괜찮으니까.

유경:(한쪽 손 다 깎았다)저쪽 손이요…….

호균, 착하게 반대편 손 내민다.

유경:(계속 깎으면서)근데 생각해 보니까… 새로운 사람 만나는 게
겁나서 그런 거 같아요.
호균:(동의하는)…그래…….
유경:(짐짓 밝게)근데… 사실, 동정은 내가 받아야 되는데— 난 부모
님도 없구… 돈도 없구… 내다 팔 그림도 없어요—

호균, 피식 웃는다.

유경:그리고 몰랐는데… 눈도 되게 나쁘잖아요……? 27년 동안 여기 살면서 한 번도 못 본 거… 되게 많잖아요— (장난처럼)불쌍하죠?

호균, 그저 쓸쓸한 미소.

유경, 호균 가만히 보다가 손톱 깎은 신문 접어 치우면서 화제 바꾼다.

유경:저거… 얼마나 갈까요? 냉동실에 넣어놔도 결국 녹겠죠……?

호균:응. 녹아.

유경:…어떻게 대충 만져도 작품이 되냐… 역시 예술가 손은 다른가 보다. (호균 손 다시 잡으며 장난스레)어디 다시 보자— (손 덥썩 잡고 만지작거리다가 갑자기)억울해—!

호균:…억울해?

유경:억울해요— 나중에… 혹시 우연히 마주쳐도, 선생님은 나 못 알아보고 지나칠 거잖아요. (호균 손톱 만지면서)난 다 기억날 텐데.

호균, 천천히 손을 들어 유경의 얼굴을 감싸 쥐고 조심스레 어루만진다. 눈썹, 눈꺼풀, 콧날, 입술…….

유경, 얼굴이 화확 달아오른다. 숨소리가 커질 것만 같아 애써 숨을 고른다.

호균:이쁘다… 상상했던 것보다 훨씬 이쁘다.

유경, 호균을 말끄러미 보다가, 천천히 다가가 호균에게 입을 맞춘
다.
입맞추면서, 호균의 손길이 유경의 뺨을 지나… 목에서 어깨로 떨어
진다.
이윽고, 호균의 손길이 유경의 셔츠 속으로 미끄러지고… 유경의 셔
츠 단추가 몇 개가 투둑 힘없이 벌어지면서 가슴팍이 드러난다. 움찔하
며 옷깃을 여미는 유경. 호균, 멈칫.

유경:…흉해요.
호균:흉해……?

유경, 불안한 얼굴.
호균, 다시 부드럽게 유경 옷깃을 헤치면 유경 입술을 꼭 깨물면서도
손을 내린다.
이윽고 호균 손 끝에 유경 가슴팍의 손바닥만한 화상 흉터가 잡힌다.
흉하다.
호균, 손가락으로 조심스레 흉터를 더듬더듬 만져 본다.
유경, 창피한 걸 꾹 참고 있다.

호균:…데었니……?
유경:(끄덕)…흉하죠.

호균, 조심조심 만지다가… 천천히 그 흉터에 입맞춘다.

유경, 흡— 놀란다. 놀랍기도 하고 고맙기도 하고… 속눈썹이 파르르 떨린다.

유경, 어렵게 손을 들어 조심스레 호균의 머리카락을 쓸어본다. 손가락이 바르르 떨린다.

사랑은 종교다.

누군가 사랑에 관해 정의를 내려봐라 하면 늘 그렇게 대답한다.

종교란 것이 어떤가. 믿으면 기적도 일으키지만 믿지 않으면 사기일 뿐이다. 사랑도 마찬가지라고 생각한다. 사랑이 있느냐 없느냐를 논하는 것은 애당초 어불성설이다. 믿느냐 믿지 않느냐의 문제일 뿐이라고 생각한다. 사랑을 믿는 사람은 평생 사랑하며 살 것이고 사랑은 없다고 생각하는 사람은 죽을 때까지 사랑할 수 없는 것이다.

아무것도 없었다. 오로지 사랑밖에 없었다. 첫사랑, 외사랑, 짝사랑, 삼각관계, 불륜까지……. 등장하는 모든 인물들이 죄다 사랑하는 얘기였다. 앞으로 당분간은 사랑에 관해 이야기할 것이 없을 것 같을 만큼 사랑타령을 실컷 했다.

여주인공 캐스팅 난항으로 시작부터 순조롭지 않았고 작업하는 동안도, 끝도, 무척 고통스러웠지만 그래도 내게 〈첫사랑〉은 정말 각별한 작품이다. 등장하는 인물 모두, 정말 빠짐없이 모두, 진심으로 공을 들였고 애정을 가졌었다. 준희를 쓰면서 괴로웠고 그 준희 때문에 상처받는 서경을 쓰면서 철철 울었고 희수를 쓸 때는 용서를 빌면서도 결국 사랑할 수밖에 없었다. 형준, 은지, 영우, 동택, 영자… 그리고 희수의 엄마, 아버지에 이르기까지, 그들 각각의 구구절절한 사랑을 쓰면서, 결국은 내가 그들의 사랑을 배우고 겪었다. 당장 내 사랑 하나도 감당 못하고 휘청거리는 주제에 그 많은 사람들의 저마다 다른 사랑을 동시에 짊어지고 가자니 죽을 것 같았다. 두 달 내내 가슴이 정말 아팠고 툭 하면 눈물이 났다. 냉장고 문을 열다 말고 주저앉아 엉엉 목 놓아 울기도 했다.

냉정하고 소문 많은 방송국 생리도 겪고, 네티즌 무서운 줄 다시 한 번 절감하고, 시청률 때문에 사람이 온전히 달라질 수 있는 것도 목격했지만, 그래도 〈첫사랑〉은 내게 각별하다. 아프지만 사랑하지 않을 수 없다.

#.35 서경 침실

　서경, 외출했던 차림 그대로 우두커니 의자에 앉아 있다. 이때 준희 들어선다.

　멈칫. 서로 마주 보는 두 사람. 서경은 한결 평화로운 표정이다.

　이때 준희 전화 알람 울린다. 준희 서두르지 않고 끈다.

　서경:(그런 준희 보다가)헤어지면…… 나두 그리워해 줄래……?

　준희:…어(보면)?

　서경:생각해 봤는데… 나 한 번도 오빠 옆을 떠난 적이 없더라……? 언제나 오빠 눈 닿는 곳에 있었던 거야, 16년을. 그래서… 오빠가 나 그리워하고… 보고 싶어할 새가 없었겠다, 하는 생각이 들었어.

　준희:(그저 미안하고 애틋하게 보면)…….

　서경:나도… 눈에 안 보이면… 좀 그리워해 줄래……? 하루에 한 번까지는 아니더라도… 한 달에 한 번… 계절 바뀔 때만이라도 한 번씩… 생각해 줄래……?

　준희:서경아… 왜 그래…….

　서경:그럼 …오빠 놔줄게(서러움 복받친다).

　준희:……!! 서경아…….

　서경, 울음 깨물며 가방에서 서류 꺼내 테이블에 놓는다.

　이혼 서류.

준희, 보고… 조금 놀란다. 아프게 서경 보다가.

준희:임신… 거짓말한 거 때문에 그래……?

서경:……!! (놀라 준희 본다)…어떻게 알았어?

준희:지난번에. 어머님이랑 너 얘기하는 거, 들었어.

서경:(눈물 고이는, 미안하고 내색 안 해줘서 고마운)…근데… 왜 화
도 안 내…….

준희:…화냈어. 많이.

서경:(보면)……?

준희:나한테… 나한테 너무 화가 나더라. 널 그렇게까지 만든 내
가… 너무 싫더라.

서경:(고맙고 서럽게 보다가)그러지 마, 오빠.

준희:……? (보면)…….

서경:나 겨우 마음먹었단 말야.. 너무 힘들었어. 근데 오빠 그렇게 따
뜻하면… 나 다시 맘 흔들리면 어떡하려구 그래… 내가 다시 오빠 붙잡
으면 어떡하려구…….

준희:서경아…….

서경:대신 약속해… 1년에 한 번만이라두… 나 그리워해 준다구…
그럼… 놔줄게… 나한텐 사랑이었지만… 오빠한텐 족쇄였던 거… 풀
어줄게…….

서경, 눈물 뚝뚝 떨어진다.

준희, 마음 미어진다. 미안하고.

준희, 다가와 서서… 앉은 서경 안아준다. 안겨서 흐느끼는 서경.

준희도 너무 슬프다.

두 사람 뒤로 결혼 사진…….

#.66 형준 오피스텔

침대맡에 꺼진 전화기… 빈 양주병… 어제 산 싸구려 꽃다발… 뒹굴고 있다.

그리고 끊임없이 울리는 초인종 소리.

형준, 세상 모르고 침대에 널브러져 자고 있다.

계속 울리는 초인종 소리. 형준, 움찔움찔… 그 소리에 깬다.

형준, 잠 가득한 얼굴로 응? 하고 고개 든다. 초인종 소리.

형준:아침부터 누구야… (비척거리며 일어나는데 머리 쏟아진다)아, 머리야…….

형준, 비틀거리며 일어나 인터폰 열어보면… 서경이다. 걱정되는 얼굴로 서 있다.

형준, 멈칫. 뜻밖이다. 잠시 그대로 서경 보다가… 서두르지 않고 가서 문 직접 열어준다.

문 열리면. 서경, 깜짝 놀라는. 형준 보고 안도한다.

형준:(돌아서 올라서면서)웬일이야……?

서경:(따라 들어와 문 닫으면서, 다행)집에 있었구나… (신 벗고 들어서면서)어젯밤부터 전화도 계속 꺼져 있구… 집 전화도 안 받구… 벨도 얼마나 오래 눌렀다구. 무슨 일 난 줄 알았네.

형준:(보다가)…걱정했어?

서경:(부끄. 살짝 끄덕)…….

형준:(물끄러미 보다가)…고맙네. (씽크대로 가면서)뭐, 차 마실래?

서경:그래… (꽃다발 주워 들고)이건 웬 꽃이야? 누가 줬어?

형준:여자가.

서경, 순간 표정이 굳는다.

서경:그래……? (식탁 의자에 앉으며)꽃도 받고 좋겠네.

서경, 표정 관리하려 애쓰며 꽃다발 툭 내던지는데 형준, 차 두 잔 가져와 하나 준다. 그런 서경 안색 살피며. 재밌다는 듯.

서경:(잔 받으며, 술병도 보면서)술도… 마셨나 보다……?

형준:어. 아침까지 마셨어(차 마시면서 흥미롭다는 듯 서경 본다).

서경:……!! (표정 안 바뀌게 조심하며 차 마신다)꽃도 받고… 술도 마

시고… 재밌었네… (짐짓 웃는데 쓰다)괜히 걱정했네.

　형준:(보다가 빙긋 웃으며)그래도 할 건 다 하네?

　서경:(보면)……?

　형준:연락 안 되면 걱정도 하구, 딴 여자 만났다니까 질투도 하구. 할
건 다 한 다구. 여자친구 같다구.

　서경:(무안)

　형준:(의자에 앉으며)어제 오빤 잘 만났어?

　서경:……!! …봤어요?

　형준:어.

　서경:아… 그래서 전화도 안 받구……? 화나서……?

　형준:아니. 화가 났다기보다… 그런 생각 들더라. 아, 당신도 이런
마음이었겠구나… 당신 오빠가 당신 옆에 두고 다른 여자만 바라볼
때… 되게 힘들었겠다…….

　서경:(본다)……!!

　형준, 서경 앞으로 와 바닥에 앉는다. 서경 따뜻하게 올려다보면서.

　형준:…되게 아프더라… 어떻게 견뎠어…….

　서경:(고맙고 미안하고… 눈물 날 듯한)…….

　형준:(따뜻하게 보다가… 옆에 던져진 꽃다발 들어보며)…신경 쓰여?

　서경:(억지로 아니라고 도리도리… 그래도 결국 표정은 굳는)

　형준:(빙긋 웃고)신경 쓸 거 없어. 되게 못생겼어.

서경:(보면)……?

형준:못생기고, 뚱뚱하고, 늙고. 성격도 나빠.

서경:(피식 웃음 난다)근데……? 근데 왜 만났어.

형준:그래도 괜찮을 만큼… 그래도 혼자 있는 것보단 나을 만큼… 그렇게 외로웠어, 어제. 무섭게 외롭더라…….

서경:(보는/걱정/미안)……!!

형준:(꽃다발 보며)그래도… 정은 많은 여자야. 생일이라니까 이거 하나 주더라?

서경:(깜짝 놀라는/너무 미안한)……!!

형준:(보며/빙긋)되게 미안하지……?

서경:아… 말을 하지……!

형준:(정색하고)말했으면… 나한테 왔을 거야? 오빠한테 안 가구(가만 본다)?

서경:(생각해 보다가 이윽고 끄덕끄덕/진심으로)…그랬을 거 같애.

형준, 기쁘다. 앉은 채로 서경 끌어안는다.

서경:(안긴 채/미안)생일 축하해요…….

형준:(기쁜/끄덕끄덕)그래.

서경:(안고 있다가/몸 떼며)아! 밥 아직 안 먹었죠?

#.74 작업실 방(밤)

창가에 서 있는 준희와 희수. 준희가 희수를 뒤에서 끌어안고 있다.
불을 켜지 않아 창가에서 들어오는 달빛만이 두 사람을 비추고 있다.
창가에 놓인 사랑초 화분. 잎을 꼭 다물고 있는.

희수:내가 사랑초 꽃말 얘기했어요……?
준희:…나를 버리지 않음.
희수:(끄덕끄덕)이제… 나 버리지 마요.

준희, 마음 아프다. 끄덕끄덕… 희수를 좀 더 끌어안는다.
희수, 눈물 고인다.

희수:어떡해요…….
준희:뭘.
희수:미술협회에서 제명돼서.
준희:…괜찮다며(미소).
희수:선생님 애써서 얻은 것들… 내가 다 망쳐 놨어… 미안해
요…….
준희:…괜찮아.
희수:(돌아서서 준희 보며/눈물 그렁)가르쳐 주세요… 선생님 어떻게
사랑하면 되는지… 선생님 너무 좋은데… 어떻게 사랑해야 되는지는

몰라요(눈물)…….

　준희:(아프게 보다가)…어떡하냐…….

　희수:(그렁한 채로)뭘요…….

　준희:우리 이제… 어떻게 사냐… 뭐 먹고 살아(조금 웃는)…….

　희수:그냥… 속수무책으로 살아요(눈물 고인 채로 웃는).

　준희, 미소… 가만히 희수 끌어안는다.

　창밖으로 달이 밝다.

　사랑초에 달빛.